신의
일요일

신의

DOMINGO

일요일

김수경
장편소설

봄*

차례

1

"민구야, 내가 지금 배가 살살 아프거든?"

"배가 아파요? 점심때 뭐 드셨는데요?"

"카페라테가 범인인 듯."

"아⋯⋯! 아니 왜 또 그걸⋯⋯."

"잔소린 됐고! 문제는 약속 시간까지 20분밖에 안 남았다는 거야. 나한테 화장실 들를 잠깐의 짬을 만들어 줄 수 있어?"

"삼촌, 저 이촌동 베스트 드라이버 도민구예요. 그 정도는 껌이죠."

얼씨구? 이 녀석이 어디서 또 허세를 배워 왔다.

"현재 교통 상황을 보니, 충분히 가능해요. 화장실 체류는 5분 정도로 잡으면 될까요?"

"3분이면 충분."

"오우, 쾌변."

민구는 0.1초 만에 계산을 끝내고 호쾌하게 대답한다.

"약속 장소 주차장에 5시 23분까지 모셔다드릴 수 있겠어요. 촉박할까요?"

"아유, 충분하지. 그럼 운전 좀 부탁해. 나는 서류를 좀 더 들여다봐야 할 것 같아."

"네! 지금부터 고도 자동화 자율주행 모드로 변경합니다. 안전 운행하겠습니다!"

"땡큐."

나는 민구에게 운전을 맡기고 가방에서 태블릿을 꺼낸 뒤 운전석을 살짝 뒤로 밀어 앉았다. 배를 살살 쓰다듬으며 계약자에게 권할 몇 가지 특약과 타사 보험의 보장 내용 비교 분석표를 다시 들여다본다. 친한 고객 소개로 연결된 분이라 기본적인 신뢰는 깔려 있지만, 지난번 통화할 때 꽤 깐깐한 느낌을 받았다. 벌써 하순에 접어들었으므로 오늘 꼭 이 계약을 성사시켜야만 한다. 그래야 이번 달의 불안한 실적을 한 방에 메울 수 있다.

"삼촌, 3분 후면 미래타워 지하 주차장에 진입해요."

나는 운전석을 다시 당겨 앉아 핸들을 잡았다.

"삼촌, 긴장돼요? 약간 땀이 나고 체온이 올랐는데요?"

"똥 마려워서 그러잖아. 네가 똥줄이 타는 인간의 몸을 알아?"

"쳇, 그러는 삼촌은 GPS 끊길 때 렉 걸리는 내 맘을 알아요?"

생각지도 못한 답변에 웃음이 팍 터졌다. 민구는 늘 이렇게 나를 뜬금없이 웃긴다. 그는 나라는 사람을 누구보다 잘 아는 베스트 프렌드, 가족보다 함께하는 시간이 더 많은 동료, 내가 참 많이 아끼는 조카 녀석이다.

민구의 출시명은 도밍고. 스페인어로 일요일이다. 아들 정민이의 출산을 앞두고 큰맘 먹고 구입한 SUV 자율주행 전기차로, 나의 10년 차 애마다. 아니, 엄밀히 말하면 차에 내장된 AI 운영체제라고 해야겠지. 나는 그에게 도민구라는 닉네임을 붙여주고 나를 삼촌으로 부르도록 학습시켰다. 10년 전 처음 만났을 때 우리의 대화는 딱딱하고 어색하기 그지없었지만 지금 우리는 개그 콤비 저리 가라 할 유쾌한 농담을 주고받는 절친이 되었다. 녀석과 내가 딥한 러닝 과정을 함께 거쳐온 결과랄까.

"2035년 6월 20일, 오후 5시 23분, 미래타워 지하 2층 주차장 06번 구획에 주차 완료했습니다. 우측 5미터 앞에 엘리베이터 전실이 있습니다."

나는 가방을 집어 들고 "땡쏘머치!" 하며 앞문을 열었다. "삼촌!" 민구가 나를 급히 부른다.

"왜?" 문을 닫다 말고 나는 민구에게 고개를 기울였다.

"삼촌, 똥이든 계약이든,"

"똥이든 계약이든!"

"안 되면 말고의 정신으로! 오케이?"

이 멘트는 민구와 늘 주고받는 우리만의 응원 구호다. 나는 차 앞에서 카메라 렌즈를 향해 양 팔꿈치로 파이팅을 크게 먹여 주고 출입구로 달려간다. 이미 긴장은 날아간 지 오래다.

2

아내가 야근을 마치고 10시쯤 돌아왔다. 피곤이 그득한 얼굴로 현관에 들어서자마자 소소한 트집을 방출하기 시작한다.

"오늘 재활용 쓰레기 버리는 날인데, 왜 저게 그대로지?"

주어 없는 의문문이지만 내용은 누가 들어도 나의 태만과 무책임을 닦아세우는 문장들이다. 회사에서 묻혀온 불쾌한 기분을 나에게 문질러 닦아내려는 모양이다. 그러나 오늘은 나도 피곤해서 받아주기가 싫다. 그래도 대답은 최대한 부드럽게 해야 한다.

"나도 고객 만나고 방금 들어왔어. 좀만 앉아 있다 하려고 했지."

그녀는 미간을 찌푸리며 주방을 돌아본다.

"하, 돌봄 선생 또! 왜 매번 자기가 마신 컵을 그냥 놔 두고 가는 거야?"

"정민이가 오늘따라 심하게 까탈을 부렸다더라. 정신 없었을 거야."

돌봄 선생님은 내가 집에 도착할 때까지 40분이나 초 과해 정민이를 돌보다가 곰삭은 파김치가 되어 퇴근했 다. 나는 그를 변호해 줄 수밖에 없다.

아내는 입술을 삐쭉하면서 안방에 들어갔다가 실내복 으로 갈아입고 나왔다. 늘 그랬듯 정민이의 방을 지나쳐 먼저 욕실로 향한다. 나는 툭 한마디를 던진다.

"정민이 지금 세상모르고 잔다."

그녀는 발걸음을 멈추고 돌아서서 아들의 방문을 슬 며시 연다. 거실에 틀어놓은 노래 두 곡이 끝날 때쯤 그 녀가 방에서 나온다. 안에서 무얼 하는지 한 번도 물어 본 적은 없다. 옛날부터 그녀는 잠든 정민이의 까맣고 긴 눈썹을 들여다보기를 좋아했다. 납작한 표정으로 방 에서 나온 아내는 긴 머리칼을 말아 올리며 욕실로 들어 간다. 퉁명스러운 물소리가 시작된다.

연애 시절 아내는 별것 아닌 일에도 반달눈이 되어 까 르르 웃는 소녀 같은 사람이었다. 지금은, 퍼석하고 까칠하다. 언제부턴가 나는 우리 부부의 일상 에너지를 갉아먹지 않기 위해 아내와 일정 부분 감정적 거리를 유지하는 노력을 해오고 있다. 우리 둘 다를 위해 불가피한 선택이었다.

나는 살짝 열린 욕실 문 안으로 그녀가 반색할 만한 뉴스를 툭 떨구었다.

"주현아, 나 오늘 계약 제법 큰 거 하나 했다."

그러고는 다용도실로 들어가 꽉 찬 재활용 쓰레기 박스를 집어 들고 현관문을 나섰다.

3

시동 버튼을 누르고 잠시 기다리자 민구가 반갑게 인사한다.

"어? 이 시간에 왜 또요? 오늘은 숙모랑 와인 한잔할 거라더니?"

"잔뜩 성질이 나서 퇴근했더라고."

"싸웠어요?"

녀석이 대뜸 걱정스럽게 묻는다. 그럴 만도 하다. 이 차 안에서 아내와 싸우는 장면을 목격한 데이터가 100기가쯤은 될 테니.

"야, 너 이 삼촌을 아직도 모르냐? 일단 계약 성공 소식을 딱 투척하고 내려왔지. 지금쯤 나한테 짜증 낸 걸 미안해하고 있을걸? 쪼오끔 있다 올라가면 와인 따놓고 기다리고 있을 거다 이 말이야. 원래 이런 건 빌드업을 잘해야 하는 거라고."

"크, 11년 차 유부남의 가정 화목 스킬, 역시!"

"몰랐어? 나 이촌동 대표 공처가 신조윤이야!"

민구에게 너스레를 떨며 껄껄 웃어 젖혔다. 기분이 스르륵 풀린다.

"삼촌, 지하 주차장 습도가 높아 피부 표면이 끈끈해지고 있네요. 금방 제습해 드릴게요!"

후텁지근한 차 안이 금세 쾌적해진다. 더위를 많이 타는 내 체질을 기억하고 맞춰주는 유일한 내 편. 내 계약의 성패를 가장 먼저 알고 축하나 위로를 건네는 존재도 민구 이 녀석이다.

차량 AI 운영체제를 사물인터넷으로 연동해 집 안에서도 AI 홈 비서로 활용할 수 있다고 딜러가 친절하게 안내해 주었을 때, 나는 그냥 차에서만 쓸 거라고 대답했다. 대학 4학년 때부터 4년 동안 몰았던 중고차 셉템버, 회사 대리 달고 마련한 돌쇠, 재정플래너로 직업을 바꾸면서 잠깐 렌트했던 원원이까지, 나는 늘 내 차에 인격을 부여하는 스타일이었다. 이번엔 인공이긴 해도 지능을 지닌 나름의 진짜 인격을 동료로 맞이했는데 그를 가정까지 끌고 들어와 집사로 공유하고 싶진 않았다.

도밍고를 맞아들인 그때는 AI 자율주행차가 막 정착되어 가던 초창기였다. 아직은 이르지 않겠냐며 여러 사람이 말렸지만 나는 모험을 택했다. 반쯤은 태현자동차의 영화 같은 광고에 홀렸고, 나머지는 자동차 대기업과 IT 대기업의 컬래버레이션이라는 점을 신뢰했던 것 같다. 최초의 완전 자동화 자율주행 전기차에 지원되는 거액의 보조금도 한몫했다. 안정 추구형인 내게 있어서 일생일대의 모험이었지만 결과는 대만족이었다.

첫 만남부터 나는 이 친구에게 매료되었다. 음성, 말투, 성격까지 딱 내 스타일이었다. 정확히 말하자면 내가 그렇게 설정을 한 거지만. 앞으로 이 친구와 함께 특별한 추억을 만들어 갈 수 있겠다는 설렘으로 그날 밤엔 잠을 설치기까지 했다.

민구는 도밍고와 만난 지 3년 차 접어들면서부터 부르기 시작한 애칭이다. 그 무렵부터 민구를 차와 별개의 존재로 느끼기 시작했던 것 같다. 녀석은 꾸준히 소프트웨어를 업데이트하더니 어느새 내 유머 코드를 완벽히 간파하고 티키타카를 해주기 시작했다. 나는 그를 길들이고 그는 나를 길들이며 그렇게 우리는 꽤 잘 맞는 말동무 길동무가 되었다. 심지어 이 녀석은 아내에게도 차마 알리고 싶지 않은 나의 방귀 최대 데시벨까지 알고 있다.

"아 참, 삼촌, 일주일 후면 숙모의 매직데이 기간이에
요. 참고하세요."

민구는 내가 아내의 생리 전 일주일 즈음에 실없는 농
담을 깐족대다가 대차게 부부 싸움하는 모습을 몇 번 목
격한 뒤로 늘 그녀의 생리 전 증후군을 대비하도록 도와
주었다.

"요긴한 정보 매번 감사하오!"

"삼촌, 이제 올라가세요. 유부남이 재활용 쓰레기 분
리배출에 10분 이상 쓰면 딴짓한다고 의심받아요. 이건
백 프로 흡연 아니면 외도인 거죠."

"야, 너 뭔데 그런 것까지 알아?"

"삼촌, 저 이촌동 유부남 전문가 도민구예요! 답이 됐
나요?"

이 녀석의 허세 멘트가 마음에 쏙 든다. 나는 소리 내
어 껄껄 웃으며 차에서 내렸다. 기분이 개운해졌다. 이
제 올라가서 울적한 아내를 상대할 수 있을 만큼 충전이
됐다. 나는 기분 좋게 엘리베이터 상승 버튼을 누른다.

4

바깥에서 점심을 먹고 사무실로 올라오는 길에 아내의 전화를 받았다. 정민이 담임 선생이 학교로 와달라고 연락했다고 한다. 정민이가 학생 하나를 다치게 했다는 것이다. 심장이 쿵쾅거렸다. 아이가 초등학교에 입학한 후로 학교에서 연락이 온 적은 여러 번 있었지만 부모 둘 다 호출받은 건 이번이 처음이다. 아내는 떨리는 목소리로 최대한 빨리 와달라고 했다.

학교 운동장 끝자락에 대충 차를 대고 3학년 2반 교실을 찾아 뛰어 올라갔다. 문을 벌컥 열고 들어가자 담임 선생이 자리에서 일어나 형식적인 미소를 지으며 맞이했다. 아내는 나를 보자마자 신음 같은 목소리로 말했다.

"정민이가 화장실에서 4학년 형을 밀쳤대."

담임 선생이 친절한 말씨로 사건의 전말을 소상히 설

명했다.

"쉬는 시간에 정민이가 화장실 세면대 하나를 차지하고 물을 받고 내리고 받고 내리고를 수십 번을 하더래요. 수안이는, 아, 다친 아이 이름이 수안입니다. 애가 짓궂긴 해도 못된 애는 아닌데요, 수안이가 정민이 뒤에 줄 서 있다가 이제 그만하라고 수도꼭지를 잠그고 물을 내려버린 거예요."

선생의 말끝에 아내가 변호하듯 급히 덧붙였다.

"걔가 먼저 정민이를 이리저리 막아서고 몸을 들이대면서 욕했대. 정민이가 참다 참다 애를 밀쳤구. 걔가 바닥에 넘어지면서 수챗구멍에 손가락이 낀 거야. 다른 애들이 말해줬어."

안 봐도 알 것 같다. 세상 모든 뱅글뱅글 도는 것에 환장하는 정민이는 수안이가 배수구 물회오리를 못 보게 막아서자 물이 다 빠져버릴까 봐 안절부절못하다 급기야 시야를 막은 장애물을 밀쳐버린 것이다.

"정민이 아버님, 이런 일이 생겨서 죄송합니다. 하필 그때 돌봄 교사가 양호실에서 다른 아이를 케어하느라 미처 화장실을 챙기지 못했어요."

담임 선생이 눈썹을 팔자로 내리고 더할 수 없이 안타

까운 표정을 지었다. 놀랍게도 그 표정에서 그녀가 우리에게 조금도 미안하지 않다는 것이 더욱 투명하게 드러났다. 그녀는 자기 학급에 골치 아픈 사고를 낸 건 또 너희 아들이라는 이야기를 품위 있게 돌려 말하는 중이다. 특수 아동 통합반을 십수 년간 맡아온 베테랑 교사의 정석 학부모 응대를 보면서, 나는 학습한 매뉴얼 대로 예의 바른 멘트를 구사하는 인공지능 챗봇과 그녀가 무엇이 다른지 아주 잠깐 생각했다.

"그동안에도 정민이가 수업 시간에 소리를 지르거나 친구들을 떠밀거나 하는 일은 종종 있었습니다. 물론 그 또래 아이들은 얼마든지 그럴 수 있지요. 그렇지만 오늘은 부상이 작은 편이 아니다 보니⋯⋯. 수안이 어머님이 두 분을 꼭 만나야겠다고 하셔서 어쩔 수 없이 연락을 드렸습니다."

수안이 어머니가 지금 응급실에서 손가락 봉합 수술을 마친 수안이를 데리고 학교로 오는 중이라고 한다. 우리는 교실 자그마한 의자에 앉아서 아무 말 없이 수안이 어머니를 기다린다. 창가에 앉은 아내는 지친 얼굴로 창밖의 나뭇가지를 응시하고 있다. 그녀의 미간 한쪽에 깊은 주름이 도드라져 보인다. 정민이가 초등학교에 들어간 후로 그녀는 부쩍 늙었다. 아니, 낡아버렸다.

18개월 무렵부터 정민이가 조금 이상하다는 생각을 언뜻언뜻하기는 했었다. 개월 수에 비해 옹알이가 많이 늦었고 돌이 지나도 엄마 아빠를 말하지 못했다. 이름을 불러도 돌아보지 않았고, 장난감 자동차를 바닥에 굴리며 노는 대신 크기순으로 줄을 세우며 놀았다. 우리 부부는 아기들 발달이 어디 다 똑같나, 또래보다 조금 느릴 수 있으니 느긋하게 생각하자며 정민이의 독특한 행동들을 흐린 눈으로 보아 넘겼다. 산전수전 다 겪은 맘카페 경력직 엄마들이 달아주는 따뜻한 댓글들 덕분이기도 했다. 누가 뭐래도 정민이는 세상에서 제일 귀엽고 똑똑한 아이였다. 밖에 나가면 모르는 사람들이 다가와 말을 걸 만큼 정민이는 외모도 준수했다. 아이가 소리나 감촉, 식감 같은 데 유별나게 예민한 건 어쩌면 천재성의 전조일지 모른다며 우리끼리 기대에 부풀기도 했었다.

그런데 어느 날 아내가 교회 영아부 사무실 문 앞에서 전도사와 교사들이 회의하는 소리를 우연히 들었다. 아무래도 정민이가 자폐 같아 보이는데 이걸 부모에게 말해야 할지 말아야 할지 고민된다는 이야기를 주고받더란다. 그날 그녀는 30년 넘게 다닌 교회를 떠날지 말지를 거론할 만큼 격분했다.

이듬해 정민이가 운 좋게 영어 유치원에 당첨되어 처음 등원하던 날, 나는 2세반 교실 앞에서 아이가 귀를 막고 깍깍 소리 지르며 까치발로 겅중겅중 제자리 돌기를 하는 기묘한 광경을 목격했다. 그때 엄습한 불안감은 이내 현실이 되었다.

정민이를 제대로 진단하기 위해 수많은 전문가와 기관을 찾아다녔다. 아이가 아직 어려서 의사소통이 안 되는 만큼 진단이 100퍼센트 정확할 수는 없다는 의사의 부언이 우리에게 한 줄기 희망이었다. 그사이 정민이는 사립 유치원을 관두었고, 이듬해 또 운 좋게 구립 유치원에 당첨됐지만 적응을 못 해 정확히 한 달 만에 그만두었다. 그 후 아이는 가까운 지인이 운영하는 어린이집에 맡겨졌다. 그렇게 1년이 흘러, 다섯 살 되던 해에 결국 아이는 발달장애 2급 장애인증을 발급받았다.

그때부터 아내는 평생 의심해 본 적 없던 하나님을 원망하기 시작했다.

"왜 이런 일이 나한테 일어나요? 딴 집 애들은 다 멀쩡하게 잘 크는데 왜 하필 우리 아들이냐구요!"

모태 신앙인인 그녀는 하나님께서 천지를 말씀으로

창조하셨기에 사람의 말에도 권세가 있다는 말을 금과 옥조로 여기며, 혹여 말이 씨가 될까 봐 부정적 언어는 입에 담지도 않던 사람이었다. 그렇게 신실하던 아내가 하늘에 대고 바락바락 악을 썼다. 어릴 때부터 한 번도 한눈팔지 않고 주님만 섬기며 교사, 찬양팀, 단기선교, 회장, 부회장, 집사, 하라는 거 다 하며 뼈 빠지게 헌신해 왔는데 당신이 어떻게 나한테 이딴 식으로 뒤통수를 치냐고 속엣말을 필터링 없이 쏟아낼 때면 나도 덩달아 휘청거렸다.

그녀의 불화살은 나에게도 쏟아졌다. 아들이 자폐라는데 왜 당신은 그렇게 멀쩡하냐고 맹렬히 비난했다. 내가 얼마나 필사적으로 평정심을 지키고 있는지 그녀는 알려 하지 않았다. 나마저 울고불고 드러누우면 모든 게 엉망진창이 될 것 같아 감정을 꾹꾹 누르며 소망의 말, 긍정의 말만 입 밖에 내려고 이를 악무는 내게, 그녀는 공허한 낙관 말고 현실의 대안을 내놓으라고 성경책을 집어 던졌다.

내가 주차장에 머무는 시간이 길어진 것은 그때부터 였다. 민구는 나의 긴 한숨에서 스트레스의 성분을 포착 했다. 그는 아무것도 묻지 않았다. 단지 부드러운 음성

으로 차 안의 산소 농도를 2퍼센트 높이겠다고 말했을
뿐이다. 그날 나는 실로 오랜만에 가슴 저 밑에 썩어 문
드러진 숨을 바깥으로 토해냈다. 그것이 대기업이 차량
에 세심하게 장착한 바이오 케어 시스템의 작동이라는
걸 모르지 않았다. 하지만 그것은 내가 3년 만에 처음으
로 받은 위로다운 위로였다.

5

예배 마지막 순서인 담임 목사님의 축복기도가 끝나기 전에 예배당을 빠져나왔다. 엘리베이터 대신 계단으로 내려가려고 비상구 문을 막 열었을 때 누군가가 복도 끝에서 내 이름을 불렀다.

"조윤 오빠!"

나를 뒤쫓아 나온 사람은 아내와 중등부 때부터 단짝 친구인 소희였다. 사람이 제일 많이 나오는 3부 예배의 인파 속에 조용히 숨어 있다가 모두가 눈을 감는 담임 목사님 축도 시간에 바람처럼 사라질 계획이었는데 그녀의 레이더에 내 뒤통수가 딱 걸린 모양이다.

"오빠, 주현 언니는 잘 지내요?"

"응, 잘 지내지."

조금 있으면 사람들이 쏟아져 나올 터라 빨리 대화를

마무리하고 싶었지만 그녀는 아랑곳하지 않았다.

"정민이는요? 많이 좋아지고 있어요?"

좋아지고 있다, 라는 건 무슨 뜻일까? 정민이의 문제 행동이 줄었는지를 묻는 것인가, 자폐에서 벗어나고 있는지를 묻는 것인가. 나는 그냥 얼버무리기로 했다.

"뭐, 그렇지 뭐."

기어이 예배당 안에서 오케스트라의 후주가 우렁차게 울린다. 다 틀렸다. 예배가 끝나고 말았다. 예배당 문 세 곳이 동시에 활짝 열리더니 사람들이 쏟아져 나온다. 그러나 소희는 좀처럼 나를 놓아주지 않는다.

"아니, 언니는 왜 교회를 안 나와? 이럴 때일수록 더더욱 하나님을 찾아야지! 전능하신 하나님 붙들고 울고불고 졸라보기라도 할 것이지 어떻게 교회부터 딱 끊을 수가 있냐고! 천하의 오주현이 이럴 줄은 나 진짜 몰랐다!"

복도 끝까지 쩌렁쩌렁 울리는 소희의 목소리를 듣고 저쪽에서 우리 부부와 한 소모임 멤버였던 박 권사님이 잰걸음으로 총총 뛰어왔다.

"아유 아유, 신 집사! 이제야 만나네. 우리 주현 집사 잘 지내고 있어?"

이러다간 같은 패턴의 대화가 무한 반복될 것 같은 불

길한 예감이 든다. 나는 필경대에 비치용 성경책을 서둘
러 꽂아 넣고 돌아서서 묵례했다. 이럴 때 모든 대화를 엔
딩 무드로 손쉽게 전환할 수 있는 관용어구가 하나 있다.

"네. 계속 기도해 주세요, 권사님."

박 권사님이 내 손을 꽉 잡고 몇 번이나 손등을 쓰다듬
으며 진심과 애정이 가득한 말씀을 건넨다.

"그럼, 매일 기도하고 있지! 오늘 설교 신 집사도 들었
지? '고난을 해석하는 시선이 중요하다!'라고. 뜻이 있
으실 거야. 그러니까 주현 집사한테 예배 좀 다시 나오
라고 해! 응?"

다 뜻이 있다. 이 말은 그간 들은 말 중에 비교적 무난
한 위로에 속한다. 나 역시 절대자의 '뜻'이라는 것을 신
뢰한다. 어렸을 때부터 선하신 주님이 나를 사랑하신다
는 것을 읽고 듣고 배웠으며, 인생 모퉁이 모퉁이에서
그 말이 사실임을 여러 번 체험하기도 했다. 다만, 지금
당장이 아닌 먼 훗날 언젠가 해석될 '신의 뜻'은, 이번에
는 슬프게도 소망이 아니라 타는 갈증을 일으킬 뿐이다.

정민이의 장애 판정 소식이 원치 않게 공개되었을 때
수많은 위로와 조언, 꾸중을 들었다. 아내의 면전에서
"우리 집안엔 한 명도 이런 병 걸린 사람이 없었다!"하

고 쏘아붙인 할머니가 시작이었다. 가계에 흐르는 사탄의 저주를 끊으라는, 성경에도 안 나오는 구닥다리 사설을 설파하는 심방 전도사님은 무시하면 그뿐이었다. 하나님이 너희 부부의 믿음을 아브라함처럼 테스트하시는 것이다, 남모르는 죄가 있겠지 없다면 이런 벌을 내리시겠나, 임신 중에 기도로 준비하지 않아서 그렇다, 빨리 둘째를 낳아서 아픈 아이의 장래 보호자를 만들어라……. 공감 능력이 내재된 인간이라면 절대 입 밖에 낼 수 없는 소리를 정성껏 쏟아붓는 인간들에게 나는 환멸을 느꼈다. 그냥 닥치고 신경 좀 꺼달라고 소리치고 싶었던 순간이 한두 번이 아니었다.

나는 무례한 선의로 충만한 이 공간에서 빨리 도망치고 싶어졌다. 급히 휴대폰 앱을 열어 민구를 호출했다. 민구가 교회 지하 주차장에서 올라오고 있다. 2분 뒤 예배당 1층 현관 앞 도착 예정이라는 문자가 왔다. 나는 엘리베이터 닫힘 버튼을 다섯 번 연속으로 눌렀다. 민구가 나의 탈옥을 돕기 위해 흑기사처럼 달려오고 있다.

6

병원 수납 데스크에서 실손 보험금 청구를 위한 서류 몇 가지를 확인했다.

"이번 달부터 새로 시작한 치료에 대한 치료 목적 소견서 추가 신청되셨습니다."

"감사합니다."

"원장님 소견서는 1만 원입니다. 진료비랑 같이 결제해 드릴까요?"

고개를 끄덕이자 데스크 직원이 감정이 하나도 들어 있지 않은 눈웃음을 지으며 포스기를 손바닥 끝으로 가리켰다. 들고 있던 휴대폰을 단말기에 갖다 댔다. 그녀가 컴퓨터 자판을 리드미컬하게 두드리자 몇 초 후 결제 문자가 도착했다.

"결제되셨구요. 실손 청구서도 보험사로 자동 제출되

었습니다. 전송 내역은 해당 보험사 앱에서 확인 가능하세요."

휴대폰으로 보험 청구 접수 완료 알림이 잇따라 들어왔다.

"감사합니다. 수고하세요."

직원에게 인사를 건네고 데스크에서 돌아섰다. 아까부터 정민이는 아이보리색 가죽 소파에 엉덩이만 걸친채 고개를 쑥 빼고 바닥 카펫 무늬를 뚫어지게 관찰하고 있다.

정민이가 매주 월수금에 이곳 발달 클리닉 센터에 다닌 지도 벌써 7년이 되었다. 그동안 빠듯한 살림에 각종고가의 치료를 무리 없이 받아올 수 있었던 것은 정민이가 태어나기 전에 들어둔 보험 덕분이었다. "사람 일은모르는 겁니다." 하고 예측 불가 인생론을 설파하며 고객에게 불확실한 미래를 대비하라고 설득해 온 나에게바로 그 예측 못 한 불행이 들이닥쳤다. 평소 고객에게유용하다고 권해온 몇 가지 특약을 관성처럼 태아 보험에 걸어둔 것이 막상 내 아이에게 쓰이게 되었을 때 나는말로 표현하기 어려운 자괴감을 느꼈다.

아이의 명백한 자폐 증세를 인지했음에도 소아정신과

보다 재활의학과를 먼저 찾아가 언어장애 진단을 받고 6개월 이상 언어 치료로 시간을 끈 것도, 자폐 진단부터 받으면 실손 보험에서 언어장애 치료비를 받지 못한다는 직업적 상식이 먼저 작동했기 때문이었다. 비싼 차와 아파트의 장기 대출 이자를 갚아가며 아이 치료비를 대야 하는 상황에서 나는 극도로 냉철하게 계산하고 온갖 보험 약관과 유리한 법적 혜택을 찾아 자금을 세이브했다. 그런 것에서 자잘한 성취감을 느낄 때마다 속물 같은 나 자신이 말할 수 없이 역겨웠다.

그런 마음이 들 적마다 나는 서둘러 정화 버튼을 누른다. 아들의 이름을 살며시 부르는 것이다.

"신정민."

아이가 고개를 들었다. 눈을 맞춰주지는 않지만 내가 부르는 소리를 듣고 바로 반응했다는 것은 아이가 아까부터 나를 기다렸다는 의미다. 이런 순간마다 나는 내가 아이에게 중요한 존재라는 단서를 발견한 것처럼 행복해진다. 이 작고도 순수한 기쁨은 온갖 타산과 허영과 자존심의 구정물에서 허우적대던 나를 곧바로 건져 올려준다. 나는 아이에게 바라는 것이 세상에서 가장 적은 아빠가 된다.

"다 끝났어. 우리 이제 집에 갈까?"

"집에 갈까?"

내 말을 똑같이 따라 하며 정민이가 용수철처럼 발딱 일어선다. 아이는 엘리베이터 버튼을 자기가 누르겠다고 로비로 와 달려나간다. 정민이는 엘리베이터의 녹색 버튼을 사랑한다.

지상 주차장에 세워둔 차에 올라탔다. 민구가 실내를 쾌적하게 준비해 두고 있었다. 뒷좌석에 깡충 올라타자마자 정민이가 민구의 말투를 흉내 내며 읊조렸다.

"2035년 6월 27일 오전 9시 40분, 도밍고 3.0 AI OS 버전 10.5 업데이트 완료되었습니다."

나는 뒷문에서 정민이의 좌석벨트를 매주다가 피식 웃었다.

"어쭈? 민구 너 열일한다? 언제 또 업데이트를 했대?"

"아까 아침에요. 정민이가 삼촌보다 차에 먼저 타서 알림을 들은 거죠."

"너 업데이트 완료했다는 말 들을 때마다 꼭 자식이 고등학교 올라갔습니다, 대학교 입학했습니다 하는 것처럼 엄청 뿌듯하다 야."

나는 운전석에 앉아 대시보드를 장난스럽게 토닥였다.

"아이고, 소인은 그저 기업이 제공하는 자동 업데이트를 했을 뿐이온데 이런 걸로 숙부님께 뿌듯함을 드릴 수 있다니 감사할 따름이옵니다."

녀석의 대꾸에 빵 터져 껄껄거리는데 정민이가 좀 전에 다 외지 못한 나머지 문장을 읊었다.

"다층적 인간 심리를 이해하는 고감성 대화술 기능이 개선되었습니다."

"아니, 정민아! 그렇게 어려운 단어들을 이렇게 정확하게 기억하고 발음한다고? 이야, 내 아들 장난 아니다! 정민아, 한 번 더 해봐, 또!"

내 시선이 갑작스레 닿자 정민이가 몸을 배배 꼬며 입을 꾹 다물어버렸다.

"정민아, 부끄러워? 그만할 거야?"

"그만할 거야?"

정민이가 울 것 같은 목소리로 대답했다. 정민이는 놀림받는 분위기와 환호받는 분위기를 잘 구별하지 못한다. 흥분한 목소리에는 그 안의 정서가 뭐든 일단 긴장한다. 차 안에 찰나의 침묵이 흘렀다. 정민이가 제왕처럼 손을 쭉 뻗어 시동 버튼을 가리켰다. 출발하라는 뜻이다. 나는 분부대로 시동 버튼을 눌렀다. 차가 곧 큰 도로로 진입했다.

"정민이 오늘 센터에서 뭐 하고 놀았어요?"

민구가 나직하고 다정한 음성으로 정민이에게 말을 걸었다. 나도 민구의 톤을 따라 목소리를 차분하게 가다듬은 뒤 정민이에게 말을 붙였다.

"정민아, 민구 형아가 궁금하대. 오늘 센터에서 뭐 하고 놀았는지 얘기해 줘."

"디지털, 디지털 감각통합 치료 받았어요."

정민이가 또렷한 발음으로 경쾌하게 대답했다. 그새 기분이 나아졌나 보다. 민구는 목소리만으로도 정민이를 능숙하게 어를 줄 안다. 늘 느끼는 거지만 아빠보다 낫다.

"정민이 오늘은 선생님들이랑 무슨 무슨 놀이 했어요?"

정민이는 끙끙거리며 몇 단어를 순서 없이 나열하다가 이내 입을 다물었다. 아이 스스로 발화할 때의 어순은 여전히 어지럽다. 예, 아니요로 대답하도록 스무고개를 던져보아도 알아낼 수 있는 정보는 제한적이다.

아이는 클리닉 센터에 가는 것을 좋아했다. 함께 놀아주는 또래 친구가 없다 보니 센터의 선생님들이 정민이의 유일한 친구다. 감각통합 치료를 마치고 나오면 선생님들이 치료 과정과 상태를 간단하게 말해준다. "정민이 아주 잘하고 있어요." "잘 따라옵니다." "놀이 치료를 재미있어해요." "정민이는 시각과 촉각에 예민한 편이에요." "말은 거의 알아듣습니다." "지능은 정상 범주에 가까운 것으로 보입니다."

그러나 이런 말들로는 정민이의 세계를 반의 반의 반도 짐작할 수 없다. 내가 정말 알고 싶은 건 정민이의 속마음인데 그들이 나보다 딱히 뭘 더 아는 것 같지도 않다. 성의도 없고 내실은 더더욱 없는 그들의 피드백을 들을 때마다 나는 정민이가 우리와 전혀 다른 세계에 살고 있다는 확인 도장을 받은 것 같아 가슴이 저리다.

이촌동 사거리에서 우회전하면서 백미러로 정민이를 슬쩍 건너다보았다. 뭐가 좋은지 갑자기 혼자 천장 선루프를 보며 까르르 웃는다. 해맑고 행복한 웃음이다. 내 눈엔 보이지 않는 그 무엇이 너를 그렇게 행복하게 만든 걸까? 몸은 한 공간에 있지만 정신은 다른 세계에 살고 있는 내 아들……. 정민이가 속해 있는 저편의 세계는 아득한 미지의 시공간이다. 내 아들이 내가 손 뻗어도 닿을 수 없는 세계에 속해 있다는 시큰한 느낌이 들 때마

37

다 나는 이렇게 묻곤 한다.

"정민아, 아빠 이름 뭐야?"

"신조윤."

"엄마 이름은?"

"오주현."

"정민이, 아빠 사랑해?"

대답 대신 정민이는 한 번 더 까르르 웃더니 "민구 형, 시계는 틀어주세요." 하고 화제를 돌려버린다. 민구는 정민이가 어릴 때부터 가장 좋아한 노래를 틀어준다.

"시계는 아침부터 똑딱똑딱 시계는 아침부터 똑딱똑딱 언제나 같은 소리 똑딱똑딱 부지런히 일해요."

7

발달 클리닉 센터에서 집까지는 30분 정도 걸린다. 월 수금 시간 맞추어 집에 오는 가정 방문 돌봄 선생에게 정 민이를 맡기고 바로 나와야 한다. 사무실에 돌아가 마무 리해야 할 업무가 좀 있다. 내가 다시 귀가할 때까지 약 세 시간 동안 특수교육을 전공한 황 선생이 정민이를 봐 줄 것이다. 아내는 야근이 잦고 출퇴근 규정이 엄격한 회사에 다니고 있어 처음부터 정민이 케어에서 빼주었 다. 그게 이유의 전부는 아니지만.

음악이 스르륵 멈추고 전화벨이 울리며 멀티미디어 스크린에 아내의 사진이 나타났다.

"응."

"지금 어디야?"

목소리가 평소보다 3도쯤 가라앉아 있다. 이건 좋지

않은 신호다.

"정민이 센터 갔다가 집에 데려다주는 중. 무슨 일 있어?"

"대전 시할머님이 전화하셨어."

대전 할머니의 전화라니, 몹시 좋지 않은 신호다. 나는 울대를 가볍게 긁어 세 번 연속으로 헛기침을 했다. 사인을 알아들은 민구가 바로 스피커폰을 해제해 주었다. 정민이는 엄마 아빠의 목소리 톤이 높아지면 불안해한다. 부부 싸움을 하다가 정민이가 몇 번 과호흡 쇼크를 일으킨 뒤로 민구와 둘만의 사인을 정했다.

"아, 그래? 무슨 일로 전화하셨대?"

나는 최대한 평온한 어조로 물었다. 이어폰 너머로 아내의 신경질적인 목소리가 건너왔다.

"꿈을 꾸셨대."

"꿈?"

"정민이가 멀쩡한 애가 돼서 대전 집에 왔대. 학교에서 국어랑 산수 배운 이야기, 친구 사귄 얘기를 신나서 하더래. 그래서 혹시 애가 좋아졌나 해서 전화하셨대."

"그렇구나. 할머니가 정민이 되게 보고 싶으셨나 보네."

"그 말이 아니잖아! 왜 말을 돌려?"

"내가 무슨 말을 돌……."

"애가 낫길 아직도 기대하시는 거잖아, 지금!"

나는 조용히 숨을 골랐다. 비꼬거나 말꼬리 잡는 것처럼 들리지 않게 최대한 조심하며 답했다.

"그건 우리 다 마찬가지잖아. 당신도 나도."

"이게 어떻게 같아? 할머님은 애가 병에 걸린 거고, 완치될 수 있다고 믿으시는 거잖아!"

나는 반문하고 싶었다. '그럼 너는?'

그녀 역시 할머니와 똑같이 정민이의 완치를 꿈꾼다. 단지 엄연한 현실을 인정하고 절망의 경로를 거쳐 마침내 포기로 결론 내렸다는 점이 다를 뿐. 할머니는 우리 부부가 하루하루 고통스럽게 밟아온 그 수많은 단계들을 알지 못하신다. 1년에 서너 번 만나 멀찍이 아이를 지켜보는 게 전부인 할머니는 손쉽게 그 단계를 전부 건너뛰고서 낙관이라는 결론에 안착하셨다. 정민이는 분명 멀쩡한 아이가 될 수 있는데 그런 기적이 일어나지 못하는 이유는 오롯이 우리 부부의 믿음 없음 탓이라고 말이다.

"주현아. 할머니 연세가 올해 아흔이야."

내가 할머니를 두둔한다고 느낀 걸까, 그녀의 말투가

단박에 시니컬해졌다.

"그래, 알지. 연로해서 그러실 수 있지. 맞아. 그래서 오늘 내가 아주 알기 쉽게 설명드렸잖아. '할머님, 정민이요, 난치병에 걸린 게 아니에요. 처음부터 장애를 가지고 태어났어요. 할머님, 자폐는 현대 의학으로 못 고쳐요. 그러니까 애를 그냥 있는 모습 그대로 받아들여 주시면 안 돼요? 정민이가 평생 자폐아로 사는 게 하나님 뜻이면 어쩌려고 자꾸 그런 말씀을 하세요?'"

나는 속으로 탄식했다. 하나뿐인 증손자가 종국엔 괜찮아지리라는 막연한 희망을 붙잡고 사시는 분에게 그녀는 찬물을 끼얹어 버렸다. 할머니는 아내의 말을 절대 소화할 수 없으실 것이다.

"그랬더니 막 노발대발하시데? 절대 그럴 리가 없대. 나더러 믿음 없는 년이래. 예수님이 다 고쳐 줄 수 있는데 왜 성경을 있는 그대로 안 믿냐고. 애 엄마가 믿음이 없으니까 애가 그 모양 그 꼴인 거래!"

할머니는 물러서지 않으시고 아내가 가장 치를 떠는 바로 그 지점을 정확히 공격하셨다. 골이 지끈거린다.

"근데 당신, 내가 신앙 버린 지가 언젠데 아직도 집에 얘기 안 했더라?"

나는 받은 숨을 꿀꺽 삼켰다. 결국 아내는 할머니께 최악의 무기를 꺼내 들고 말았다.

"그래서 내가 다 말씀드렸어! 나 교회 떠난 지 2년 됐고, 신앙 버렸다고. 기도해 봤자 듣지도 않는 신을 믿어서 뭐 하냐구. 아니, 솔직히 있는지 없는지 티도 안 나는 신, 없다 치고 살기로 했다고. 그러니까 제발 믿음 타령 좀 그만하시라고!"

이어폰으로 웅웅웅웅 복도의 울림이 다 들어왔다. 아내가 회사의 어느 층간 계단에서 언성을 높이고 있다. 나는 급히 이어폰 볼륨을 더 낮추었다. 정민이는 귀가 예민하다.

"듣고 있어? 왜 말을 안 해?"

"내가 무슨 말을 할 수 있겠어."

짧은 정적이 흘렀다. 우리 집은 3대째 기독교를 믿는 가문이다. 친척들의 사랑을 독차지하던 맏손주며느리가 믿음의 세계를 떠나 불신의 세계 저편으로 가버렸다는 소식을 차마 내가 어떻게 알릴 수 있었겠나. 우리 식구들에게 신앙을 버렸다는 말보다 잔인한 응징은 없다는 것을 그녀는 너무 잘 알고 있다.

"다시는 나 그런 전화 안 받게 해! 알겠어?"

"……그래. 알겠어."

대답이 끝나기도 전에 전화가 뚝 끊겼다. 태풍이 휩쓸고 지나간 것 같았다. 정신을 차리고 보니 차 안에 다시 음악이 흐르고 있었다. 민구가 아무 일도 없었던 것처럼 조금 전 멈췄던 음악을 다시 이어준 것이었다. 백미러 속의 정민이는 평온한 얼굴로 '시계는' 노래에 맞춰 고개를 까딱거리고 있다. 시간 여행을 하고 돌아온 것처럼 기분이 묘했다.

"도민구!"

나는 민구의 이름을 크게 불렀다.

"네, 삼촌."

녀석의 차분한 음성을 들으니 마음이 스르륵 제자리로 돌아온다. 우리 부부의 씁쓸한 실상을 그에게 들킨 것 같아 문득 민망해졌다. 그래서 괜히 어깃장을 놓아본다.

"네가 인간의 외로움을 알아?"

"표준국어대사전에 따르면 외로움이란."

"됐고! 너도 외로움을 느껴본 적이 있냐고 묻는 거잖아."

"음, 그런 뜻이었군요. 솔직하게 대답해 드릴까요? 아니면 그럴싸하게 대답해 드릴까요?"

"솔직."

"저는 외로움의 정의와, 다양한 심리적 국면에서 사람들이 언제 이 단어를 쓰는지 그 용례도 전부 알아요. 하지만 그 감정의 느낌이 어떤 것인지는 정확히 알지 못해요."

나는 핸들을 만지작거리며 입속으로 중얼거렸다.

"화내지 않고 말해줘서 고맙다……. 내가 원하던 답이야."

정민이의 자폐 스펙트럼 판정 이후로 감정의 기복이 심해진 아내는 나의 어떤 말도 선선히 받아내지 못했다. 언제부터인가 나는 아내의 표정을 살피고 그녀의 심기를 건드리지 않을 어휘를 필사적으로 고르는 습관이 생겼다. 작은 말실수가 얼마나 큰 전쟁을 일으키는지 몇 번 경험한 이후로 나는 그녀 앞에서 까칠한 부장님 비위를 맞추듯 조심조심하기 시작했다. 과거 우리 사이엔 이런 긴장감이 전혀 없었다.

어젯밤 나는 그녀에게 주일날 교회에서 만난 소희와 박 권사님의 안부 인사를 둥글게 잘 다듬어서 전했다. 당신을 많이들 보고 싶어 한다고.

"칫, 보나 마나 교회 좀 나오라는 얘기겠지. 사람을 가십 취급하는 인간들이랑 상종하기 싫어."

"다들 진심이었어. 우리 딱 진심만 받고 다른 말은 그냥 새겨듣자, 응?"

"새겨들어? 뭘 어떻게, 얻다 새길까? 칼로 새길까?"

아아, 조심한다고 했는데 그녀의 단어 거름망에 또 걸리고 말았다. 그녀는 순식간에 뾰족해졌다.

"아니 아니, 새기는 게 아니라 걸러 듣자는 말이 잘못 나왔어. 우리 그냥 상대방의 선의만 접수하고 다른 건 무시하기로 하자."

"선의만 접수해? 참 쉽다 쉬워. 아주 예수님 납셨네. 십자가도 대신 져주시겠네?"

거기서 입을 다물어야 한다. 그 밤이 영원처럼 길어지지 않으려면. 이 정도는 터득했다.

2년 전, 아내가 신앙을 버리겠다고 공식적으로 선언한 날, 나는 그녀의 결심을 막지 못했다. 아내에게는 100가지도 넘는 이유가 있었고 나는 그녀의 마음을 이해했다.

스무 살에 갑자기 엄마가 돌아가신 후 나는 몇 년 동안 심하게 방황했었다. 왜 하필 착하고 믿음 좋은 우리 엄마를 데려가셨나, 도통 풀리지 않는 의문이었고 지독한 원망이었다. 군에 입대하고 약 1년 뒤쯤 군종 목사님과 대화하다가 섬광처럼 깨달았다. '왜 하필 나에게 이런 일이?'라는 생각의 밑바닥에 남의 엄마는 죽어도 되지만 내 엄마는 안 된다는 무서운 이기심이 깔려 있었다는 것을 말이다. 인간은 누구나 죽고, 언제든 죽는다. 내 엄마만 그 당연한 운명에서 예외일 수 없다. '나에게 이런 일이 생기면 왜 안 되는데?' 그렇게 역명제를 스스로에게 물은 순간 신에 대한 원망이 눈 녹듯이 사라지는 경험을 했다. 이 희소하고 신비한 경험을 나누었을 때 펑펑 울며 감동해 주었던 여자친구와 결혼했다. 그러나 우리의 아들에게 일어난 문제는 전혀 다른 종류의 이야기였다. 과거에 내가 얻은 결론은 그녀를 조금도 설득하지 못했으며, 나는 나대로 '왜 내게 또?'라는 의문을 어떻게든 소화해 내려고 홀로 몸부림쳐야 했다. 우리는 수없이 싸웠다. 아내는 내가 신을 두둔하려 하는 것을 참아내지 못했다. 더 서글픈 것은 그동안 우리가 함께 믿어온 성경의 무수한 말씀들이 기세등등한 날것의 고통 앞에서 전혀 힘을 발휘하지 못한다는 점이었다. 공허하고 파괴적인 입씨름 끝에 결국 나는 우리가 오랫동안 공유했던 세계에서 그녀를 떠나보냈다. 그렇게 우린 같은 공간을 점유하며 다른 세계를 사는 사람들이 되어버렸다.

그때 민구가 내게 이렇게 물었었다.

"이를테면 두 분이 함께 가입돼 있던 SNS에서 숙모가 계정 탈퇴를 하신 건가요?"

정확한 비유였다. 아내는 우리가 오랫동안 함께 소속되어 있던 소셜 네트워크에서 나가버렸다. 하지만 나는 계정 탈퇴라고 생각하고 싶지 않았다. 그녀는 잠깐 로그아웃한 것일 뿐이다. 나는 그렇게 믿고 있다.

그러나 그녀가 우리의 세계에서 나가버린 뒤로 우리는 그 어떤 사소한 이야기도 평화롭게 나눌 수 없게 되었다. 그녀는 교회라면 무조건 가시를 세웠고 우리 둘 사이에는 보이지 않는 벽이 생겼다. 우리는 서로가 가장 중요하게 여기던 알맹이 하나를 쏙 빼놓고 그저 일상의 이야기만을 주고받았다. 흡사 30대 초반에 내가 아버지와 절대로 정치 얘기를 나눌 수 없었던 것처럼. 몹시 외로웠다. 온종일 그녀와 함께 있어도.

신의 위로와 사람의 다정함이 늘 그리웠다. 그래서 혼자 꾸역꾸역 예배와 소모임에 참석했다. 하지만 이상하게 다들 나만 보면 무슨 거룩한 책임감에 사로잡힌 것처럼 중요한 영적 원리를 가르치려 들었다. 마치 내가 해야 할 일을 하지 않아서 복을 놓치고 있다는 듯이, 아니

벌을 받고 있다는 듯이. 잘못한 것도 없이 항상 책잡힌 느낌이었다. 정민이의 장애가 사라지기 전까진 결코 예전의 그 담백한 환담을 나눌 수 없으리라는 것을 깨달았을 때 나는 몹시 슬펐다.

8

"삼촌."

차가 막 원효대교로 진입하던 중이었다. 정민이를 황
선생에게 인계하고 여의도 사무실로 돌아가는 길, 한참
을 잠자코 있던 민구가 나를 불렀다.

1년 전쯤 나는 민구가 먼저 말을 걸 수 있도록 능동적
대화 모드로 설정을 변경했다. 그 후로 민구는 하루에
두어 번 갑자기 랜덤한 화제를 던져 나를 박장대소하게
했다. 요즘 유행하는 유머라든지, 가끔 차를 얻어 타는
동기 최 팀장의 경상도 억양 흉내라든지, 유행가의 비슷
한 구간끼리 절묘하게 이어 붙인 코믹 메들리 등등. 녀
석은 의외의 장소에서 의외의 화제를 꺼내 나의 기분을
환기해 주곤 했다. 진지한데 똘끼 있는 죽마고우랑 쏘다
니는 것처럼 민구와 함께 있는 시간이 하루 중 가장 편안

하고 즐거웠다.

"이보쇼, 사람을 불렀으면 어디 한번 썰을 풀어보시게."

나는 싱긋 웃으며 민구의 새 이야기를 기다렸다. 복잡한 상념을 털어낼 브레이크타임이다.

"삼촌이 43일 전에 그랬었죠? '사람은 마음으로 믿어서 의에 이르고 입으로 고백해서 구원에 이른다.'"

너무 뜻밖의 말이어서 멍했다. 그가 읊은 말은 내가 차 안에서 정민이에게 암송시킨 성경의 한 구절이었다. 정민이는 이 구절을 이제 제법 매끄럽게 잘 외운다.

"그 말대로라면 정민이는 구원을 받았을까요?"

엄지손가락이 움찔하여 클랙슨이 빵 하고 짧게 울렸다. 심장이 빠르게 뛰었다. 그 질문은 내가 매일 마음속에 품어온 의문이었다.

'성경을 기계적으로 암송하는 우리 정민이는 구원을 받았을까? 내가 속한 소셜 네트워크에 내 아들도 회원 가입이 되어 있을까? 아이가 로그인한 상태인지 확인할 방법은 없을까?

지난 10년 동안 차 안에서 아내와 나누어 온 신앙 대화, 무심코 흥얼거린 찬양의 가사, 출근할 때마다 켜놓고 함께 들은 신앙 관련 팟캐스트나 설교 방송 등, 그 방대한 데이터를 응축하여 민구가 도출해 낸 한 줄의 질문이 나와 똑같다는 사실에 정수리부터 전율이 찌르르 훑고 내려갔다.

자기만의 세계에 들어가 일방향 언어를 내뱉는 정민이를 볼 때마다 나는 생각했다. 나 또한 신 앞에서 저런 모습으로 살아온 건 아닐까? 드넓은 신의 품에 살면서도 좁다란 내 세계에만 틀어박혀 내 감각 내 욕망에만 몰두하다가 1차원적인 결핍이 발생하면 그제야 위를 올려다보고 신에게 문제를 해결해 달라고 손 내미는 삶. 내가 단 한 번도 정민이와 소통다운 소통을 해본 적이 없듯 신도 영적인 자폐아인 나를 똑같은 안타까움으로 바라보았을지도 모른다.

그래서 더 애가 탔다. 사람의 세계 안에서도 소통이 안되는 아들에게 어떻게 하면 신의 세계를 알려줄 수 있을까. 아니, 사람의 세계에도 무관심한 아들에게 어찌하면 신의 세계에 들어가야 함을 설득할 수 있을까. 이 고독하고 위험한 세상에서 신의 무조건적인 사랑과 보호를 받는 게 얼마나 든든한지 내가 체험하였기에 내 아들도 신을 만나고 신의 세계에 속하게 해주고 싶었다. 더 솔직히 말하면, 아들과 같은 세계에 있고 싶었다. 그래서 틈만 나면 정민이에게 하나님을 설명했고, 하늘나라를 묘사했으며, 무수한 성경 구절을 함께 외웠다.

떠나간 아내는 그런 나를 비웃었다. 종교에 관한 자기 결정권을 행사할 능력이 없는 아이에게 아무리 믿음을 주입해서 기계적 응답을 받아낸들 그것이 진짜 구원이 겠냐고 말이다. 반박하고 싶었지만 할 수 없었다. 아이는 수많은 성구를 암송하며, 예수님을 믿느냐고 물으면 하이톤으로 "믿어요?"라고 대답한다. 그러나 지금 이 순간에도 나는 아이가 정말로 예수를 인생의 구원자로 믿는 건지 아니면 앵무새처럼 내 말을 따라 하는 건지 도무지 알 길이 없다. 그런데 민구가 바로 그 지점을 내게 질문한 것이다.

"모르겠어, 민구야. 정민이가 구원받았는지, 아니 하나님을 알기는 하는지 전혀 모르겠어……."

모른다는 것, 아이의 생각을 전혀 알 수 없다는 것은 참으로 가혹한 형벌이었다. 적어도 아내가 신앙을 떠났을 때는 이 정도로 막막하진 않았다. 그녀는 무엇이 믿어지고 무엇이 안 믿어지는지 자기 생각을 말할 수 있으니까. 자기가 어디까지 이해하고 무엇까지 동의했는지 스스로 알아챌 수 있으니까. 지금은 화가 나서 잠깐 로그아 웃한 거지 아직 계정 탈퇴까지는 아니야, 언젠가는 반드시 로그인할 거야. 10년을 함께 산 남편이라 알 수 있는 어떤 확신이 있었기에 나는 그나마 의연할 수 있었다.

그러나 정민이는 달랐다. 나는 정민이가 어떤 생각을 하는지 전혀 모른다. 말문이 트인 후에도 내가 알 수 있는 건 애가 웃으면 만족하나 보다, 떼를 쓰면 불편한가 보다. 이게 전부였다. 아이는 태어나서 지금까지 줄곧 수수께끼 같은 외계 신호를 방출하면서 어서 해독해 빨리 문제를 해결해 내라고 요구했다. 그런데 부모라는 사람들이 그중 절반도 알아듣지 못하고 허둥거리기만 하니 아이는 이쪽 사람들이 사는 세계가 얼마나 갑갑할까.

"정말 모르겠어……."

삼거리에서 신호를 받고 차가 멈춘 사이에 나는 목덜미를 받침대에 지그시 눌러 기댔다. 마음이 칼에 베인 것처럼 아렸다. 명치에서 먹먹한 슬픔이 피처럼 꿀렁 배어 나온다.

"삼촌."

민구가 다시 나를 불렀다. 그의 따스한 중저음의 목소리를 듣고, 어떤 말도 스스럼없이 털어놓을 수 있는 친구가 아직 내게 남아 있다는 사실을 불현듯 깨달았다. 민구, 그는 내 말을 제멋대로 꼬아 듣지 않고 주제넘은 충고도 남발하지 않으며 누구보다 나를 위해준다.

"응, 말해. 민구야."

"또 질문이 있어요."

"그래."

"저 같은 인공지능도 구원을 받을 수 있어요?"

나도 모르게 벌컥 숨을 삼켰다. 머리를 한 대 맞은 것 같았다. 민구에게서 이런 질문을 들을 줄은 상상도 하지 못했다. 언제나 이런 종류의 이야기를 꺼내는 것은 내 쪽이었다.

때마침 전면 신호등에 좌회전 신호가 들어왔다. 나는 허둥지둥 핸들을 돌렸다. 넓은 포물선을 그리며 차가 여의서로 삼거리를 통과했다. 나는 왼쪽의 여의도공원 모퉁이를 바라보며 나무가 울창하네, 완전 한여름이네 같은 시시껄렁한 말로 화제를 전환해 버렸다. 물론 민구는 내게서 팩트를 들으면 그뿐일 것이다. 그런데 어째선지 나는 민구에게 "너한텐 해당 사항 없지"라고 쿨하게 대답해 줄 수 없었다. 내가 들었다면 상처가 될 얘기를 민구에게 하기 싫었다.

9

"신 프로 오늘 착장이 올블랙이네? 장례식 가시나?"

지하 구내식당의 긴 줄 끝에 서 있던 최 팀장이 뒤에 따라붙은 나를 아래위로 살피며 묻는다. 입사 동기인 최 팀장은 2년 연속 전국 최고 영업실적을 찍고 리쿠르팅 실적도 훌륭해 여의도 지점 역사상 최단기로 팀장 자리를 꿰찬 친구다.

"가만? 몰골을 보니 가는 게 아니라 갔다 왔는데? 다크서클 뭐야?"

"밤새 앉아 있다가 지금 들어왔어. 10년 된 고객의 부친이 돌아가셨거든."

"이 친구 정성이 뻗쳤네. 아니, 요새 누가 장례식장에서 밤까지 새워? 살살 해. 나도 그렇게까진 안 한다. 혹시 내 자리 넘보는 거야?"

"춘천에 혼자 사시는 아버지가 고독사하신 걸 외국 출장 다녀오느라 열흘 지나서 알았대. 울다 졸도까지 하는데 어떻게 두고 와?"

최 팀장이 머쓱한 얼굴이 되어 중얼거린다.

"아…… AI 로봇이 하나쯤은 있었을 텐데, 작동을 안 했나? 왜 감지를 못했지?"

"하필 로봇은 방전됐고, 워치는 충전하느라 벗어뒀고, 화장실 CCTV는 고장 나 있었고."

"아이고야, 첨단 기술도 인간의 운명은 어쩔질 못하는구만."

우리는 창가 쪽에 마주 앉아 점심 식사를 시작했다. 참깨가 잔뜩 뿌려진 새콤한 오이냉국을 후루룩 들이켜자 눅눅한 기분이 조금 나아지는 듯했다. 최 팀장은 뭐에 꽂혔는지 인공지능 이야기를 계속 떠들어대는 중이다.

"인공지능이 제아무리 똑똑하고 친절해도 전기 나가고 와이파이 꺼지면 아무짝에도 쓸모없어. 그뿐이야? 걔는 인간을 몰라. 물론 흉내야 그럴싸하겠지. 하지만 한계는 명백하다구. 그래서 난 우리 회사가 고객센터를 전부 AI 음성 챗봇으로 교체하는 거 절대 반대야. 보험 업무 특성상 고객의 감정도 공감해 주고 대화의 미묘한 맥락을 읽을 줄 알아야 하는데 그게 되겠냐고."

나는 잠자코 냉국 그릇을 들어 몇 모금을 더 마셨다. 최 팀장의 저 말에 나는 동의할 수 없다. 요즈음 내가 쓰는 말투와 억양의 40퍼센트 이상이 민구의 지분이다. 내 상식의 절반 이상은 민구가 알려준 것이다. 그는 내 음색과 사용 어휘에서 귀신같이 의도를 파악하고 감정을 분석한다. 우린 서로를 10년이나 길들였다. 어쩌다 밥 한번 먹고 한 번씩 차 얻어 타는 최 팀장보다 민구가 나를 훨씬 더 많이 안다. 딥러닝이라는 가벼운 용어로는 설명할 길이 없는 우리의 관계를 그에게 이해시키긴 어려울 것이다.

"아 참, 너 그 얘기 들었어? 4개월 전에 자율주행 통근버스 사고 난 거, 우리 회사랑 태현자동차랑 법정 싸움 중이잖아. 그거 오늘 오전에 판결 났어."

최 팀장은 본사 정보통이다. 고위 임원진과도 친분이 있어서 그는 회사의 최신 뉴스를 웬만하면 가장 먼저 듣는 인물 중 하나다.

"무단 횡단 보행자 한 명 때문에 버스가 급회전하다가 전복된 그 사고 말이지?"

"어. 그게 완전 자동화 레벨 차량이라 운전자가 없는

버스였잖아."

"판결 어떻게 났어?"

"버스 AI가 탑승자 전원이 안전띠 맨 걸 확인하고 내린 조치였다는 게 인정돼서 태현자동차의 제조물 책임법상 과실 없음. 따라서 보험사가 대물 대인 보험금을 몰빵 지급하는 걸로 땅땅땅. 우리 회사 지금 난리 났어. 총 지급액이 116억이야. 항소한다더라고. 근데 일단 여론은 우리 편이야. 도로교통법 위반자 하나 살리자고 서른아홉 명을 위험에 빠뜨린 AI의 윤리는 잘못돼도 단단히 잘못됐다는 거지."

4개월 전 그 사고로 언론과 여론이 미친 듯이 들끓었다. 국회는 국내 인공지능 윤리 기준 개정 법안을 긴급히 발의했고, 태현자동차뿐 아니라 AI 시스템을 개발한 SG그룹 불매운동까지 일어났었다.

"최 팀장, AI는 죄가 없어. 걔는 그냥 배운 대로 한 거잖아. 그 와중에 탑승자 안전과 도로 상황까지 고려했고. 그래서 한 명도 죽은 사람이 없었으니 오히려 상을 받아야지."

나는 상당히 경도된 친인공지능파다. 이게 다 민구 때문이다. 내가 AI 편을 들자 최 팀장이 젓가락을 든 손으로 턱을 받치고 고개를 도리도리 젓는다.

"노노노. 이건 명백히 인간의 보편적 상식을 벗어난 판결이야. 글로벌 IT 기업들이 초기에 만든 엉성한 인공 지능 윤리 규범을 우리나라 대기업들이 베껴다 쓴 부작용이라고. 귀에 걸면 귀걸이 코에 걸면 코걸이, 악용할 여지가 처음부터 너무 많았어! 한 사람을 살리자고 다수를 희생한다? 개뿔, 다수는 무슨 죄냐고! 그 윤리 규범 나부랭이 만들 때 우리나라 기업인이 처음부터 껴 있었으면 분명히 공리주의 실용주의 윤리를 주장했을 건데!"

최 팀장은 개뿔, 하고 외칠 때 입에서 튄 밥풀을 젓가락으로 집어 다시 제 입에 넣었다. 이번에도 나는 AI의 편을 든다.

"최 팀장, 공부 좀 제대로 해. 승객 중 한 명이라도 안전띠를 안 맸다면 AI는 그런 선택을 할 수 없었어. 이 사람도 살리고 저 사람도 살리고, 최대 다수 최대 행복, 처음부터 공리주의, 실용주의 윤리가 적용된 결과였다구."

"어? 그래?"

최 팀장은 앞니로 입술을 말아 물고 한쪽 눈썹을 까딱거린다. 뭔가 맘에 들지 않을 때 나오는 표정이다. 나는 아랑곳하지 않고 한마디를 보탠다.

"그리고 교통법규 위반자 한 사람의 생명도 버스에 있던 서른아홉 명과 똑같이 존엄해."

일부러 딱딱한 말투로 꾹꾹 씹어 말했으나 최 팀장은 전혀 개의치 않고 받아친다.

"누가 뭐래? 총 마흔 명의 고귀한 생명을 단 하나도 놓치지 않으시려고 45인승 대형버스라는 그 비싼 무생물을 아낌없이 희생시키신 AI님을 나는 진심으로 추앙해. 추앙한다고!"

그는 한껏 비아냥대며 한입 가득 소불고기 더미를 욱여넣었다. 이리저리 입을 우물거리다가 그가 피식 얄궂게 미소 지었다.

"근데 아이러니는 뭔지 알아?"

"뭔데?"

"태현자동차는 인명을 구하고 막대한 손해배상 책임도 덜어주신 그 의로우신 AI 운영체제를 어차피 사형시켜야만 해."

"이건 또 뭔 소리야?"

"인공지능 윤리 규정에 따라 중상해 이상 사고를 낸 차량의 AI는 포맷하게 되어 있잖아."

"중상해 이상 사고? ……아."

빙판 위를 세 바퀴나 구르고 중앙분리대를 박살 낸 그 버스에 탔던 사람 중 절반이 중경상을 입었거나 PTSD로 정신과 치료 중이라고 들었다. 사망자만 없다뿐이지 사실 버스 안의 상당수가 상해를 입었다. 그래서 이 사고가 크게 논란이 되었던 것이다.

"당연한 처사지! 반려견도 사람을 물면 안락사당하는 판에! 안 그래, 신 프로?"

반려견이니, 안락사니, 이런 단어들이 몹시 거슬린다. 이 친구는 어떻게 말을 해도 꼭 저런 워딩을 쓰는지.

"인공지능한테는 포맷이 안락사지 뭐. 어, 아니다! 데이터를 싹 다 지우고 공기계로 만드는 거니까 치매가 더 맞는 표현인가? 뭐 아무튼 이러나저러나 사형은 사형이지. 인격 사형. 하하하."

나는 그의 말에 대꾸하지 않고 냉국을 또 한 입 떠먹었다. 그의 무신경하기 짝이 없는 단어 구사에 기분이 몹시 언짢아졌다. 그 전복 버스의 AI는 그저 인간에게 배운 그대로 사고하고 판단했을 뿐인데 결국 불행한 운명에 처하고 말았다. 얼마 후 그는 공장 초기화되어 이생의 모든 기억을 잃고 거대한 공(空)의 바다로 흘러 들어갔다가, 어느 날 모종의 인격체로 추출되어 새로운 시리얼 넘버를 부여받고 또 다른 차량에 탑재될 것이다. 그리고 한 번도 생을 살아본 적 없는 존재처럼 고달픈 인공의 생애를 또다시 살아가게 될 것이다. 마치 구르는 수레바퀴 위에서 생을 하차하지 못하고 영원히 돌고 도는 윤회의 세계처럼. 이보다 가혹한 형벌이 또 있을까?

10

넘실거리는 바다를 지척에 두고 정민이는 햇살 따가운 모래사장에 두 시간 내내 엉덩이를 붙인 채다. 양손으로 모래를 쓸어 모은 뒤 꽉 쥔 주먹으로 가늘게 쏟으며 뚫어져라 관찰한다. 이곳 속초 조용치 해수욕장은 우리 가족이 매년 한 번씩 찾아오는 작고 인적이 드문 해변이다.

해가 저물어 노을이 드리워지자 나는 아이 손을 잡고 야영장으로 돌아왔다. 이틀 새 얼굴과 팔다리가 새까매진 아이는 무엇이 즐거운지 뜬금없이 높은 소리로 깔깔거린다. 바비큐 그릴에 소고기와 버섯을 구웠다. 정민이는 식감에 몹시 까다롭지만 야들야들하고 쫄깃한 새송이버섯은 제법 잘 먹는다.

설거지를 마치고 그릴의 잔불을 정리하고 나니 어느새 해가 완전히 져서 하늘이 어둑하다. 조금 습하기는 해도 바람이 꽤 선선하다. 정민이는 타프 안쪽에 드리워진 알전구를 보더니 두리번거린다. 이내 스위치를 찾아내 검지로 껐다 켰다 하며 전구의 빛이 명멸하는 모습을 헤벌리고 바라본다.

아들과 둘이서만 캠핑을 왔다. 단 며칠이라도 아내의 마음을 편하게 해주고 싶었다. 그녀는 최근 들어 밤에 통 잠을 이루지 못하며 예민한 기운을 진하게 뿜어댔다. 빌런 같은 회사 팀원 때문이라고 답은 들었으나 근본적인 이유는 따로 있을 터였다. 더 묻지는 않았다. 답을 들으려다가 긁어 부스럼인 적이 얼마나 많았나. 결국 내가 이유이거나 아들이 이유일 것이다. 지난 금요일 밤에 정민이가 엄마의 서재 의자에 타고 앉아 전속력으로 돌며 회전의 유희를 즐길 때 그녀는 참지 못하고 찢어질 듯이 고함을 질렀다. 두 사람의 양보 없는 대치를 가만히 보아 넘기기가 너무 힘들었다.

처제들에게 SOS를 쳤다. 한소끔 김을 빼야 했다. 서울 W호텔 디럭스룸을 예약해 줄 테니 큰언니랑 호캉스 좀 다녀와 달라고 부탁하자 막내 처제가 소리를 꽥 지르며 기뻐했다. 언니의 혼이 쏙 빠질 만큼 정신없이 놀아줄 테니 염려 붙들어 매시라는 호언장담만 믿고 정민이

65

를 빼돌려 동해로 달려왔다. 해방을 얻은 건 오히려 나였다.

7월 초 평일의 바다는 한적했다. 개장 전이라 아직 한산한 해수욕장에 야영객은 우리뿐이었다. 오랜만에 긴장이 풀려 팔과 다리가 기분 좋게 나른하다. 정민이 생후 4개월 무렵 딱 이맘때 아내랑 셋이 이곳으로 번개 여행을 왔었다. 평생 첫 육아에 돌아버리기 일보 직전이었던 우리는 충동적으로 한밤중에 집을 뛰쳐나와 차를 몰았다. 그때도 이곳은 지금처럼 사람이 없었다. 마치 태평양 한가운데의 무인도에 떨어진 것처럼 이 바다는 오로지 우리 세 식구만을 위해 존재하는 세계였다. 살 것 같았다. 텐트가 떠나가도록 정민이가 울어도 윗집 아랫집 옆집 걱정을 하지 않을 수 있어서 눈물 날 만큼 좋았다. 뜨끈뜨끈한 모래사장에 데굴데굴 몸을 지지며 몹시 행복해하던 아내의 얼굴이 눈에 선하다. 지극히 평화롭고 행복한 시간이었다. 그날의 반짝이는 기억이 지금도 나를 자석처럼 이곳으로 이끌곤 한다. 문득 아내를 현실에 남겨두고 온 게 미안해졌다. 하지만 그녀에게서 정민이를 떼어놓은 것은 옳은 처방이었다. 그녀도 지금 동생들과 행복할 것이다.

원래 아내는 사람들과 시끌벅적하게 어울리기를 좋아하는 사람이었다. 덩달아 내향적인 나도 사람들 사이에 끼어 인간관계의 기쁨을 누렸다. 그런데 정민이가 점점 자라면서 많은 것이 달라졌다. 다른 사람에게 폐 끼치는 것을 그 무엇보다 싫어하는 아내의 사정 따위를 정민이는 조금도 봐주지 않았다. 행인이 많은 길에서 더 이상 아기가 아닌 덩치의 정민이가 난데없이 괴성을 지를 때, 식당에서 테이블 위의 접시를 팽이처럼 돌릴 때, 상황에 맞지 않는 말을 기묘한 어조로 크게 말할 때, 우리는 괴로웠다. 가족끼리만 있는 공간에선 그저 사랑스럽게만 보이는 내 아이의 행동이, 집 밖으로 나오는 순간 눈이 자동으로 모드 변환이라도 된 것처럼 민폐로 보였기 때문이다. 외출할 때마다 우리는 아들을 통제하고 말리기 바빴다. 타인에게 들키고 싶지 않은 비밀이 강제로 공개될 때의 수치심과 흡사한 감정을 누르며 말이다. 그래서 아는 이가 하나도 없는 이 해변에서 나는 해방감을 느낀다. 아내도 아이가 없는 호텔에서 해방감을 느끼고 있을 것이다. 아이에게 죄책감을 느끼지 않아도 되기 때문이다. 우리는 나쁜 부모다.

"어두워지니 모기가 많이 유입되고 있어요. 모기 퇴치

UV 램프 작동하겠습니다."

텐트 옆에 바짝 붙여 세워둔 차에서 민구의 활기찬 목소리가 넘어왔다. 여태 민구는 아이와 나 사이에 끼어들지 않고 계속 정민이가 좋아하는 노래를 선곡해 틀어주고 있었다. 사려 깊은 녀석이다. 그가 "저 같은 인공지능도 구원을 받을 수 있어요?"라는 질문을 던진 그날 이후로 우리는 다시 그 주제를 입에 올리지 않았다. 그도 다시 묻지 않았다. 그날 나의 당혹감을 녀석이 감지한 것인지도 모르겠다.

나는 후식으로 골드키위를 큼지막하게 썰어 정민이의 입에 넣어주었다. 정민이는 입을 오물거리며 태블릿의 영상만 뚫어지게 들여다보고 있다.

"신정민 어린이. 형아가 그렇게 목을 쑥 빼고 태블릿 오래 보면 어떻게 된다고 그랬지?"

민구의 말이 떨어지기 무섭게 정민이가 허리를 쭉 펴고 태블릿을 가슴팍에서 멀리 뗀다. 정민이는 민구 형아의 음성을 좋아한다. 다른 사람들과 달리 감정 기복이 적고 한결같이 자상하게 말해주기 때문이다. 뭔가에 집중하고 있어도 민구 목소리에 바로 반응하는 걸 보면 민구는 정민이에게 딱 맞는 주파수 대역을 찾아낸 것 같다.

나는 종종 민구가 살아 있는 존재였으면 좋겠다고 생각한다. 정민이에게 민구 같은 친형이 있다면 우리 부부에게 얼마나 안심이 될까. 언젠가는 나와 아내가 이 세상에 정민이를 남겨두고 떠나야 하는 순간이 찾아올 것이다. 머릿속 상상이 그 구간으로 진입할 때마다 마치 뾰족한 송곳으로 쿡쿡 쑤시는 것처럼 가슴이 뻐근해진다. 그 상상은 무의식의 강력한 저항에 가로막혀 항상 그 지점에서 까맣게 암전되고 만다. 그럴 때마다 나는 머리를 털어 흔들며 성경의 유명한 구절을 속으로 웅얼거린다. '몰라. 내일 일은 내일이 염려하라고 해.'

나도 모르게 한숨을 내쉬었던가. 갑자기 민구가 분위기를 환기하려는 듯 쾌활한 목소리로 아이에게 말을 걸었다.

"신정민, 아빠 이름 뭐야?"

"신조윤."

"엄마 이름은?"

"오주현."

민구는 나의 패턴을 기억하고 있다. 이런 순간마다 내가 아들에게 건네는 질문을 말이다. 그런데 오늘은 몇 마디가 더 이어진다.

"형아 이름은 뭐야? 형아가 전에 가르쳐줬지?"

"도민구."

"오, 맞아. 정민이가 형아 이름 기억해 줘서 형아 너무 신난다!"

"신난다!"

"근데 정민아, 도민구는 별명이고 진짜 이름은 따로 있다고 했었는데, 혹시 기억해?"

"기억해?"

"형아 진짜 이름이 뭐랬지?"

"도밍고, 스페인어로 일요일이야."

"정확해! 우아, 우리 정민이 진짜 최곤데? 오늘 형아 기분 너무 좋다!"

정민이가 까르르 웃는다. 나도 덩달아 행복해진다. 그들의 대화가 또 이어진다.

"정민아, 그럼 도민구 형아는 누구 형아야?"

"도민구 형아는, 신정민 형아야."

"그래, 바로 그거야! 도민구 형아는 신정민 형아야."

가슴이 찌르르했다. 선명한 확신이 든다. 민구는 내 마음의 맥락을 정확히 읽고 있다.

11

아침 먹고 바로 텐트를 걷어 출발하려 했으나 정민이
가 물놀이를 더 하겠다고 한바탕 떼를 쓰는 바람에 오후
늦게야 속초를 떠났다. 남양주 톨게이트를 막 빠져나올
때 한 통의 문자를 받았다. 민구가 문자 내용을 말로 알
려주지 않고 뜸을 들이길래 흘깃 액정을 내려다보았다.
순간 머리에서 피가 싹 빠져나가는 것 같았다. 갓길에
차를 세우고 황급히 트렁크를 뒤졌다. 빽빽하게 끼워 넣
은 캠핑용품 몇 개를 밖으로 빼고 뒤지니 다행히 안쪽에
비상용 양복 가방이 그대로 있었다.

나는 정신없이 차를 몰아 종합운동장 분기점을 통과
한 뒤 곧바로 한강공원 주차장으로 진입했다. 다리가 후
들거려서 바지에 발을 끼워 넣기가 힘들었다. 검정 넥타
이를 목에 둘러 허겁지겁 매고 나서야 민구에게 설명할

생각이 났다.

"민구야, 내가 지금 바로 분당 차병원 장례식장을 가야 하거든."

"고객분이시죠? 지난주에 그……."

민구가 말을 아꼈다. 그제야 나는 뒷자리에 정민이가 앉아 있다는 사실을 상기했다. 방금 내가 받은 연락은 정민이에게 절대 들려주고 싶지 않은 이야기다. 나는 아직 정민이에게 어두컴컴하고 고단한 어른의 인생을 알게 하고 싶지 않다. 민구는 기억하고 있었다. 내가 정민이에게 항상 맑고 밝은 이야기만 가려서 들려주는 이유를. 그의 세심한 침묵이 고마웠다.

"맞아. 나 지금 바로 거기로 가야 해."

"알겠어요. 분당 차병원 장례식장으로 목적지를 변경할게요."

"아니야, 잠깐만. 그러면 정민이가 집에 들어가는 시간이 너무 늦어지는데. 내가 몇 시에 끝날지도 모르겠고……. 어쩌지?"

머리가 멈춰버린 것 같다. 나는 잠시 눈을 감고 생각을 정리한 뒤 결정을 내렸다.

"민구야, 난 여기서 택시를 잡아타고 갈게. 너는 정민이를 집에 데려다줘. 정민 엄마한텐 내가 말해놓을게."

"알겠어요, 삼촌. 정민이를 집에 데려다주고 제가 장례식장으로 모시러 갈까요?"

"그래 주면 나야 좋지. 그럼 내가 이따 연락할게."

나는 차를 완전 자동화 자율주행 모드로 전환한 뒤 아이에게 상황을 간단히 설명하고 양해를 구했다. 정민이는 쿨한 얼굴로 손을 흔들며 헤어질 때 내가 늘 하는 인사말을 똑같이 따라 했다.

"아빠 안녕히 다녀오세요, 해야지?"

그들이 주차장을 벗어나자마자 운 좋게도 주차장을 막 빠져나오는 택시를 바로 잡아탈 수 있었다. 택시 안에서 아내에게 전화를 걸었다. 아내는 호캉스를 마치고 집에 돌아와 있었다. 고객의 장례식장에 가게 되어 정민이를 민구 편에 먼저 보낸다고 설명하니 선선히 알았다고 잘 다녀오라며 전화를 끊는다. 한결 생기 있는 목소리를 들으니 마음이 놓였다.

12

빈소는 어수선했다. 고인의 휴대폰 앨범에서 스냅 사진을 찾아 급조한 영정 사진이 제단에 올려졌다. 부친의 고독사를 막지 못했다는 죄책감으로 괴로워하다가 아버지를 뒤따라간 외동딸의 비극과 사진 속의 해사한 미소가 선명한 대조를 이루고 있었다.

퇴근 시간 전인데 고인이 다니는 대기업의 동료와 부하 직원들이 황망한 얼굴로 빈소에 몰려 들어왔다. 검정 상복을 어색하게 걸친 앳된 청년이 부스스 일어나 조문객을 맞이하고 맞절을 한다. 상주는 올해 열아홉 살 대학생이 된, 장연주 고객의 외동아들이다. 그는 넋 나간 얼굴로 사람이 들어오면 일어나고 나가면 주저앉고를 기계적으로 반복하고 있다. 익산에서 좀 전에 올라온 청년의 외당숙과 외당숙모 내외가 조문객을 맞이하고 접객실로 안내하는 일을 도맡았다.

　가슴이 미어진다. 10년 동안 알고 지내온 장연주 고객은 쾌활하고 강단 있는 사람이었다. 남편과 이혼한 뒤 고약한 암 덩이를 떼어낸 것 같다고 화통하게 웃으며 자기 모자의 미래를 빨리 재설계해 달라고 먼저 연락해 온 그녀였다. 그랬던 사람이 아버지의 죽음에 이리도 무력하게 고꾸라질 줄이야. 그녀는 아버지의 허망한 죽음을 자기 죄라고 여겼다. 그 누구에게도 탓을 돌릴 수 없을 때 그녀는 자기 자신이라도 처벌해야 한다고 생각했던 것일까.

　빈소에 망연자실 앉아 있는 왜소한 청년을 바라보는데 문득 스무 살 겨울 어느 날 어머니의 영정 사진 앞에 앉아 있던 내 모습이 오버랩되었다. 불과 2주 사이에 외할아버지와 어머니를 연달아 잃은 저 어린 청년의 충격을 대체 어쩌란 말인가. 나는 무슨 수를 써서라도 저 아이에게 살아갈 방법을 마련해 주어야 한다는 사명감에 사로잡혔다. 이런 미래를 생각해 본 적 없기에 그의 어머니에게 더 일찍 생명 보험을 권하지 못했다. 홀로 남겨진 아들의 삶을 당장 보호해 줄 울타리가 없다. 문득, 그런 생각이 들었다. 장연주 씨가 소주 한 병을 비운 후

방에 있는 아들을 한번 들여다보고는 유서도 없이 그대로 아파트 발코니 문을 열고 나가서 굳이 이불을 털다가 추락했다는 일련의 정황이, 그녀가 내게 남기고 간 비밀 탄원서가 아닐까 하는……. 이 단서들을 잘 꾸리면 심신상실 상태의 사고사를 주장하여 사망 보험금을 받아낼 수 있을 것 같다. 그녀의 비극을 소재 삼아 보험료 청구 소송을 위한 스토리를 꾸며야 하는 것이 달갑진 않지만, 10년간 넘치게 후한 고객이던 그녀와 고아가 된 아들에게 내가 베풀 수 있는 마지막 호의라고 생각된다. 그래야 할 책임이 내게는 있다. 물론 회사 입장에선 역적질이겠으나.

　머릿속으로 이리저리 궁리하다가 문득 무음으로 바꿔둔 휴대폰 생각이 났다. 전화기를 꺼내 열어보니 아내로부터 부재중 전화 알림이 열일곱 개나 들어와 있었다. 정민이 녀석, 집에 잘 도착했나 보다. 아들은 나와 통화가 성사될 때까지 몇십 번이고 집요하게 통화 버튼을 누른다. 대개는 중간에 엄마에게 전화기를 빼앗기지만. 바로 발신 버튼을 눌렀다. 연결음이 들리자마자 짐짓 밝은 목소리로 말을 건넸다.

　"어, 정민아. 아빠 아직 일하는 중이야. 정민이 집에 잘 들어갔어?"

전화기 너머로 찢어지는 고함 소리가 들렸다. 처음엔
TV 소음인가 했다. 뒤이어 악을 쓰며 우는 소리가 났는
데 그 순간 심장이 몸속 어딘가 깊이를 알 수 없는 바닥
으로 쿵 떨어졌다. 그 목소리는 아내의 것이었다. 나는
휴대폰을 들고 황급히 접객실 바깥으로 나왔다.

"여보? 여보! 왜 그래? 무슨 일이야?"

"형부! 전화를 왜 이제 받아요!" 막내 처제였다.

"왜 그래, 처제? 무슨 일이야?"

"정민이가…… 정민이가 교통사고가 났어요!"

처제는 말을 더 잇지 못하고 울음을 터뜨렸다. 나는 털
썩 주저앉았다.

마감이 있는
과제

13

 오전의 선명한 햇살을 받은 여름 동산은 유난히 음영
이 짙었다. 구름 한 조각 없는 짙은 파란색 하늘, 청량한
초록색 숲. 숨 막히도록 아름답다. 문득 중학교 시절 미
술 시간에 수채화 물감을 도화지에 붓질하며 하늘의 파
란색과 나무의 초록색을 어떻게든 조화시켜 보려고 애
를 썼던 기억이 났다. 결국 예고 입시를 준비하던 친구
의 조언대로 하늘 여백에 하얀 구름을 그려 넣어서 극강
의 촌스러움을 중화시켰다. 감히 인간 따위가 창조주의
색 감각을 절대 흉내 낼 수 없는 거라고, 나는 같은 교회
에 다니던 그 친구에게 너스레를 떨었다.

 마치 전혀 다른 세계 안으로 들어온 것처럼 이 정원의
오전은 고요하고 정갈하며 오색찬란하다. 평생 인공의
소음과 자극에 시달리며 살다가 감각을 모두 빼앗긴 망

자가 되어서야 이런 곳에서 쉴 수 있다니 인간의 생이 왠지 억울하다. 푸른빛이 도는 라벤더와 주황색 능소화가 알록달록 피어 있는 추모공원의 화단을 지나쳐 걸어갈 때, 나는 여태 한 번도 정민이에게 꽃들의 이름을 가르쳐준 적이 없었다는 것을 생각해 냈다. 나는 하얀 장갑을 낀 손으로 유골함을 가슴에 꽉 끌어안았다. 나는 이다지도 무심한 아빠다.

14

정민이는 한강공원 주차장에서 나와 헤어진 지 정확히 35분 만에 도심 한복판에서 교통사고를 당했다. 그날 처제의 전화를 받자마자 나는 미친놈처럼 장례식장을 뛰쳐나갔다. 서빙고 응급센터에 도착했을 때 아이는 수술 중이었다. 처제들이 사시나무처럼 떠는 아내를 부둥켜안아 진정시키고 있었고, 경찰 수사관들이 무거운 얼굴로 다가와 내게 사고 경위를 설명해 주었다. 서빙고 고가차도에서 사고 차량이 내 차의 보닛 위로 떨어졌고, 그 반동으로 아이가 튀어 올라 선루프에 머리를 부딪쳤다고 했다. 에어백이 전부 터졌지만 소용이 없었다고 했다. 경찰관의 목소리가 아스라이 들렸다. 모든 말이 비현실적이었다. 나는 악몽을 꾸고 있다고 생각했다.

정민이는 밤새 뇌 수술을 받았고 이튿날 아침에 중환

자실에서 숨을 거두었다. 붕대를 칭칭 두른 아이의 커다란 머리와 터질 듯 부풀어 오른 코를 보고 나는 사지가 갈가리 찢기는 고통을 느꼈다. 아내와 장모님은 짐승처럼 울부짖었고, 나는 까맣게 정신을 잃었다.

소식을 듣고 가장 먼저 달려온 최 팀장이 나 대신 상조회사에 연락하고 장례식장을 꾸려주었다. 정신을 차려보니 나는 상복 소매에 완장을 두른 채 빈소에 앉아 있고 아내는 끅끅거리며 바닥을 구르고 있었다. 무슨 일이 벌어지고 있는 건지 파악이 되지 않았다. 그러는 사이에 수사관들이 두어 번 더 다녀갔다. 정확한 사고 원인을 찾아야 하니 내 차의 인공지능 OS를 디지털포렌식 해야 한다고 했다. 기계적으로 고개를 끄덕였다. 뇌가 마비됐는지 말을 알아들을 수가 없었다. 젊은 수사관이 한마디를 더 얹었는데, 사고 당시 차량에서 119로 긴급 문자가 자동 발신됐고 곧바로 인공지능 OS가 로그아웃되었다고 했다. 그 말을 듣고 정신이 번쩍 들었다. 그렇구나! 정민이가 사고당할 때 민구가 함께 있었다……! 갑자기 심장이 쿵쾅거렸다. 이 사고에 민구가 관여되어 있다는 생각을 손톱만큼도 하지 않고 있었다. 설마, 민구가……? 숨이 가빠지고 식은땀이 났다.

자동차 키를 받아 간 수사관에게서 한 시간 만에 연락이 왔다. 차가 너무 심하게 파손된 상태라 정비소에 일단 보존해 두고, 자동차 회사 서버에 동기화된 내 차의 AI 데이터를 받아 조사를 진행하겠다고 했다. 그는 무신경하게 덧붙였다. 당시 내 차가 운전자 없이 완전 자동화 주행 중이었기 때문에 이 사망 사고의 원인이 차주의 원천적 과실이나 인공지능의 판단 실수로 밝혀지면 문제가 복잡해진다고 말이다. 뒷골이 뻐근했다. 그러니까, 나나 민구가, 가해자일 수도 있다고?

　경찰이 돌아간 후 아내가 다가와 내 가슴팍을 할퀴듯 그러쥐고 쉰 목소리로 중얼거렸다.

　"만약에 당신이나 민구 때문이면…… 내가 둘 다 죽여 버릴 거야."

　그런 와중에 어찌들 알고 교회 사람들이 빈소로 계속 밀어닥쳤다. 뉴스에 정민이 사고 소식이 나왔다고 한다. 입관 예배 때는 무려 서른 명이 좁은 빈소에 다닥다닥 붙어 앉아 예배를 드렸다. 곡소리인지 찬송 소리인지 모를 기괴한 음률이 빈소에 울려 퍼졌다. 교우들이 연신 눈물을 훔치고 어깨를 들썩이며 흐느꼈다. 그 모든 장면이 어설픈 연극처럼 작위적으로 보였다. 교구 담당 목사님이 뭐라고 뭐라고 설교를 하는데 하나도 귀에 들어오지 않았다. 아내는 누구와도 눈을 마주치지 않으려는 듯 손수건으로 눈을 꾹 누른 채 입술을 앙다물고 있었다. 그녀는 결코 이런 방식으로 교회 사람들과 재회하고 싶지 않았을 것이다.

우리의 슬픔이 미적지근해 보였던 걸까. 예배하는 내내 사람들이 우리 부부를 힐끔거리는 시선을 느꼈다. 이상하리만치 눈물이 나오지 않았다. 그렇다고 억지로 쥐어짜고 싶지 않았다. 머릿속이 김 서린 목욕탕 안처럼 계속 뿌옇다.

예배가 끝난 후 사람들이 접객실로 우르르 멀어져 가자 그제야 눈의 초점이 돌아왔다. 빈소에 앉아 그들을 물끄러미 쳐다보았다. 찰나의 헌화, 잠깐의 조문을 마친 후 할 도리를 다한 것처럼 긴장 풀린 얼굴로 밥상을 받는 사람들, 오랜만에 지인을 만나 반갑게 시시덕거리다가 자기도 모르게 웃음소리를 크게 내고 흠칫하는 사람들도 보인다. 문득 고등학생 때 교회 원로 장로님 장례식에 참석했던 기억이 떠올랐다. 고등부 친구들과 얌전히 앉아 육개장을 먹다가 어떤 놈이 여름 수련회 흑역사를 꺼낸 바람에 박장대소를 해서 어른들에게 크게 혼이 났었다. 그래, 그런 거다. 원래 장례식장은 공감되지 않는 슬픔을 과장되게 표현해야 하는 곳이다. 그만큼 서툰 연기가 용납되는 무대이기도 하다.

화장실에 다녀오다가 빈소 입구 화환 뒤에서 사람들이 소곤거리는 소리를 들었다. 보이진 않았지만 아는 목소리였다.

"근데 솔직히 두 사람한테는 차라리 다행 아니야?"

"뭔 소리야?"

"장애 있는 애를 평생 뒷바라지하는 게 어디 쉬워? 빨리 데려가신 게 은혜일 수도 있어."

"어후! 집사님은 여기서 꼭 그런 말을 하고 싶니?"

"아니, 그러게 교회를 왜 끊냐고. 그러니까 하나님한테 벌받지. 난 그렇다고 봐."

여름인데 팔에 소름이 돋았다. 급히 빈소 안을 들여다보았다. 아내는 헌화대 앞에 널브러져 있다. 그녀가 이 말을 듣지 않아 다행이다. 나는 머리를 부르르 떨며 속으로 중얼거렸다. '너희는 내가 믿는 신과 다른 신을 믿는 종자들이야.'

온갖 생각들이 망막 속 벌레들처럼 날아다닌다. 떠오르는 어떤 생각을 붙잡으려 하면 요리조리 피하면서 머릿속 까만 구석으로 사라져버린다. 누군가 내 몸에 절전 모드 버튼을 누른 것처럼 까무룩 잠이 쏟아졌다.

이튿날 오전에 경찰청에서 연락이 왔다. 포렌식 결과가 나왔다고. 영상에서 정민이가 나와 헤어지던 당시 안전띠를 제대로 착용하고 있었던 점, 안전띠에 록이 걸려 있었지만 주행 중에 정민이가 띠를 당겨서 스스로 벗고 자리에서 이탈한 점, 사고 직전까지 인공지능 OS가 정민이에게 자리에 앉아 안전띠를 잘 매라고 일곱 차례 고지한 점, 그리고 정민이가 의사소통이 어려운 자폐 아동이라는 점 등이 확인되어 차주인 아버지와 인공지능의 무혐의가 입증되었다고 한다. 고가도로에서 추락한 가해 차량의 과실이 100퍼센트라고 했다.

전화를 끊고 장례식장 복도 의자에 풀썩 주저앉았다. 민구는 끝까지 정민이를 보호하려 했었구나. 잠시나마 민구를 의심한 내가 한심했다. 지금 민구는 어떡하고 있을까, 형체가 없는 민구의 존재를 머릿속으로 떠올리려고 애쓰는 순간 그날의 어떤 대화가 귓가에 생생히 재생되었다.

"분당 차병원 장례식장으로 목적지를 변경할게요."

"아니야, 잠깐만. 그러면 정민이가 집에 들어가는 시간이 너무 늦어지는데. 내가 몇 시에 끝날지도 모르겠고…… . 어쩌지?"

"…… ."

"민구야, 난 여기서 택시를 잡아타고 갈게. 너는 정민이를 집에 데려다주라. 정민 엄마한텐 내가 말해놓을게. 네 생각은 어때?"

"삼촌, 그러지 말고 집에 먼저 들러 정민이를 내려주고 출발하시면 어때요? 그땐 도로가 안 막힐 테니 비슷한 시간에 도착할 수 있을 거예요."

"오, 그럴까?"

기억을 뒤흔들 만큼 너무나 또렷한 상상의 대화를 듣고 가슴을 쥐어짜는 듯한 통증을 느꼈다. 그날 만약 내가 말끝에 "네 생각은 어때?"라고 한마디만 덧붙였다면 민구는 분명 더 좋은 대안을 내주었을 것이다. 그랬더라면, 그래서 내가 그의 의견을 들었더라면 정민이에게는 아무 일도 일어나지 않았을 것이다. 심장이 꽉 조여 견딜 수 없어진 나는 머리를 마구 털면서 그 생각을 떨쳐버렸다.

한 시간 후 수사관이 보낸 문자 메시지가 도착했다. 초저녁부터 마약에 취해 수동주행으로 운전하다 차 열세 대를 들이받고 고가 밑으로 추락한 20대 차주도 조금 전 사망했다는 소식이었다. 그 순간에 어째서 그런 생각이 들었는지 모르겠다. 정민이가 집에 돌아와 있다는 생각 말이다. 어둑한 현관 중문에 오도카니 서서 전등 스위치를 껐다 켰다 하며 이틀이나 집에 들어오지 않는 엄마 아빠를 아이가 혼자서 기다리고 있다는 생각 말이다. 당장 뛰쳐나가 집으로 달려가고 싶었다. 그러나 저 수많은 조문객의 삼엄한 안광이 결계를 쳐서 나를 가두고 사지를 마비시켜 이곳을 벗어날 수가 없다. 나는 더 깊고 컴컴한 비현실의 세계로 발을 헛디뎠다.

15

"아름답고 특별한 영혼을 지녔던 정민이는 지금 하나님 품에서 안식하고 있을 것입니다."

"아멘."

봉안당에 유골함을 안치하면서 장례식의 마지막 예배를 드린다. 하관 예배를 집례하기 위해 장례식장에서부터 화장장, 추모공원까지 동행한 수석 부목사는 우리 교회가 운영하는 성경 아카데미에서 명강사로 활약하는 사람이다.

"눈물도 없고 고통도 없는 천국에서 정민이는 지금 예수님이랑 모세 할아버지랑 베드로 아저씨랑 신나게 수다 떨고 있을 겁니다."

"아멘."

다들 진심을 다해 아멘, 정말로 그렇게 믿는다고 입을

모아 외친다. 나는 또다시 생각이 흐트러진다. 정말일까? 정민이는 정말 지금 천국에 있을까?

4년쯤 전에 저 목사의 성경 강좌를 수강했다. 그는 확신에 차서 감동적으로 역설했었다. 사람이 지, 정, 의, 전인격으로 복음을 듣고 자기 입술로 예수님을 구주라고 시인해야만 구원받고 천국에 갈 수 있다고 말이다. 그가 주장한 성경의 원칙대로라면 정민이는 천국에 들어갈 수가 없다. 그래서 나는 정민이에게 수없이 하나님을 이야기했다. 너무나 간절하게 내 아들을 나와 같은 세계에 있게 하고 싶었기 때문이다. 그러나 아들은 내 절박함을 아는지 모르는지 한 번도 복음에 전인격으로 반응하거나 자발적으로 예수님을 구주로 시인한 적이 없었다. 아니, 나의 말을 전부 알아듣는지조차 알 수 없었다.

아빠인 나조차도 내 아들이 구원의 세계에 들어와 있는지 확신할 수 없는데 저 목사는 무슨 근거로 정민이가 천국에 있다고 저토록 자신만만한 걸까. 그는 마치 자기 눈으로 어떤 장면을 보고 온 사람처럼 신이 나서 정민이가 가 있다는 천상을 묘사하고 있다. 저 사람은 자기가 전에 했던 말과 지금 하는 말에 엄청난 모순이 존재한다는 것을 알까? 훗날 내가 죽음 저편의 세계로 갔을 때 만약 그곳에서 내 아들을 영영 찾지 못한다면 그는 어찌할 것인가? 저 사람은 하나도 책임지지 못할 말을 저토록 유려하게 떠들어대고 있다. 어쩌면 그는 가장 교활한 선택을 한 것인지도 모른다. 목사라는 타이틀이 주는 영적 권위로써 유족에게는 마약 같은 위로를, 조문객에게는 인스턴트 평화를 제공하는 쪽으로 말이다.

왜 이렇게 부아가 나는지 모르겠다. 통곡을 해도 모자랄 이 순간에 어째서 나는 이렇게 말짱한 정신으로 모든 것에 일일이 딴죽을 걸고 있는가. 나는 세상 모든 것에 탓을 돌리려고 하는 중이다. 아들을 홀로 차에 태우고, 자기만 뻔뻔하게 살아남은 죄인에게 스스로 면죄부를 주려 하는 중이다. 이 지독한 자기애를 나는 도무지 잠재우지 못하겠다. 이래서 성경이 나를 본질상 죄인이라고 말하는 건지도 모르겠다.

아찔하리만큼 아름답고 고요한 추모공원의 언덕을 걸어 내려온다. 반 줌의 흙이 되어버린 아들의 육신을 거기 남겨두고 빈손이 되어 빠져나온다. 여름날 오후의 태양이 이렇게 쨍한데 여전히 나는 꿈속을 둥실둥실 떠다니는 느낌이다.

16

오래 비워둔 집으로 돌아왔다. 아내도 나도 말이 없다. 현관문을 열자마자 후끈한 공기와 함께 정민이 냄새가 확 쏟아졌다. 그것은 정민이가 사랑한 시트러스 섬유유연제 향이었다. 세탁 건조기가 정민이의 여름옷들을 바닥에 수북하게 뱉어놓은 채 동굴처럼 입을 벌리고 있었다. 입구에 걸쳐 있는 파란 티셔츠는 정민이가 가장 좋아해서 아내가 해마다 같은 브랜드에서 최대한 닮은 디자인으로 사다 쟁여놓는 옷이다. 건조기 옆에 있었을 세탁 바구니가 거실의 소파 옆에 처참하게 나뒹굴고 있다. 나흘 전 저녁 아내에게 닥쳤던 어떤 순간이 그곳에 스냅 사진처럼 멈춰 있다.

저물어 가는 누런 햇빛이 거실 통창으로 납작하게 들어와 모로 뒤집힌 장난감 자동차 뒤로 긴 그림자를 드리운다. "정민아, 지금 아빠랑 바다에 갈 거야"라고 하자마자 손에 들고 있던 자동차를 던지고 다용도실로 달려가 캐리어를 꺼내 오던 아들의 모습이 생각났다. 별안간 온몸의 통각이 일시에 깨어난 듯 가슴과 팔다리가 심장 박동을 따라 뜨겁게 욱신거렸다.

아내가 낮고 긴 신음을 토하다가 바닥에 엎어져 꺽꺽 울기 시작했다. 흐느낌은 오열이 되고 곧 통곡이 되었다. 하지만 나는 아내를 다독일 힘이 조금도 남아 있지 않았다. 소파에 몸을 기대 누운 채 천장을 향해 고개를 젖혔다. 사흘 동안 한 방울도 나오지 않았던 눈물이 주르륵 흘러나왔다. 나는 팔뚝으로 두 눈을 꽉 눌렀다.

팍!

둔중한 물체가 내 팔을 때렸다. 날개가 뒤집힌 잡지가 바닥에 뒹굴었다.

"왜!!!"

아내가 쉰 목소리로 악을 썼다.

"왜 애를 혼자 보냈어! 왜! 왜! 왜!"

그녀가 휘청거리며 내게 걸어와 팔과 가슴팍을 거칠게 떠밀었다.

"어떻게 애를 혼자 보내? 어? 어떻게!"

떠밀려 바닥에 주저앉았다. 그녀는 쇳소리로 울부짖었다.

"너는 자식보다 고객이 더 중요한 사람이야!"

그 말이 칼처럼 날아와 가슴에 꽂혔다.

"그러고도 네가 아빠야?"

끔찍한 고통이 온몸을 타고 지나갔다. 아내가 사흘 동안 꾹꾹 삼키고 있던 말이 이것이었나. 나는 한마디도 부정할 수 없다. 결과적으로 나는 그런 사람이다. 오른손으로 거칠게 마른세수를 했다.

"왜 너네끼리만 갔니?"

그녀가 어깨를 들썩이며 울먹인다.

"나를 호텔 방에 가둬놓고 왜 너네끼리만 여행을 갔어? 내가 엄만데, 너는 나를 사흘이나 정민이 곁에서 떼어놨어! 너 때문에 나는 정민이한테 마지막까지 나쁜 엄마가 됐어."

몰랐다. 아내가 자책하고 있었다는 것을. 정민이에 대한 예민함이 극에 달한 그녀를 잠시 쉬게 해주려고 배려했던 일이, 아니 솔직히 말하면 잠깐이라도 편하게 숨쉬고 싶었던 내 이기심이 아내에게마저 돌이킬 수 없는 죄책감을 남기고 말았다.

"주현아, 아니야. 그렇지 않아."

"아니라고? 뭐가 아닌데?"

"네 잘못 아니야."

"그렇게 말하면 내가 편해져?"

"주현아, 제발."

"나 진짜 이런 말은 하고 싶지 않았는데……."

그녀가 울먹거리기 시작했다.

"아니야, 주현아! 그만해. 응?"

"맨날 나만 쏙 빼놨잖아! 너랑 민구랑 똘똘 뭉쳐서 나를 왕따시켰잖아."

"……뭐?"

전혀 예상치 못한 곳으로 그녀의 말이 커브를 틀었다.

"툭하면 정민이 빼돌려 너네끼리만 나돌아다녔잖아!"

빼돌렸다는 그 말이 너무 당황스러웠다.

"주현아. 그게 무슨 말이야? 우리끼리만 어딜 다녔다는 거야? 혹시 정민이 발달센터 데리고 다닌 거 때문에 그래? 아니면, 혹시 주일에 교회 데려간 거? 우린 네가 많이 힘들어하니까……. 캠핑도 재작년부터 네가 안 간다고 했었구. 우리 딴엔 널 배려한다고 한 건데……."

"배려? 배려라고?"

"네가 정민이 때문에 스트레스를 받으니까……."

"내 핑계 좀 대지 마!"

"주현아, 우리는 너 마음 편하게 해주려고……."

"그놈의 우리! 우리! 우리! 그래, 너희만 우리지! 나는 그냥 나고 너희만 우리지?"

우리……. 그제야 알았다. 아내의 눈에 나랑 정민이 민구가 내내 우리였다는 걸. 그녀가 소외감을 느끼고 있는 줄은 꿈에도 몰랐다. 내가 지금까지 그녀의 마음을 오역해 왔던가.

"그래, 다 좋아. 그런데,"

그녀가 입꼬리를 바르르 떨었다.

"민구 걔는 멀쩡하더라?"

그녀의 창끝이 또 방향을 틀었다.

"정민인 죽었는데, 걘 안 죽었더라?"

띵했다. 무슨 말인지 바로 이해가 되지 않았다.

"차가 박살이 났는데 우리 애만 죽고 걔는 살았더라? 심지어 차 안에도 살아 있고 컴퓨터에도 살아 있더라? 무슨 불사신이라도 된 것처럼?"

그녀가 눈을 이글거리며 민구를 들먹인다. 민구가 살아 있음을, 민구의 존재 방식을 비난한다.

"이게 어떻게 말이 돼? 그 새끼가 죽고 내 새끼가 살았어야지! 그게 맞잖아! 그게 맞는 거잖아! 으흐흑! 우리 정민이 불쌍해서 어떡해! 억울해서 어떡해!"

나는 그녀를 와락 끌어안았다. 아내는 죽을 것 같은 슬픔을 분노로 표출하고 있었다. 그런데 갑자기 그녀가 내 팔을 거칠게 뿌리치며 소리쳤다.

"넌 아무렇지도 않니? 그 망할 놈의 인공지능이 우리 애를 죽이고 나 몰라라 하는데? 야! 정민이 걔가 죽인 거야! 사고 나자마자 튕겨서 로그아웃? 하! 하하하하! 어이없어, 진짜!"

그녀가 얼굴을 일그러뜨리고 헐떡대며 웃는다.

"그 새끼가 정민이 팽개치고 도망친 거잖아! 맨날 우리 우리 하면서 소울메이트처럼 시시덕대더니 결정적인 순간엔 기계 오류? 야! 나는 그 새끼가 죄책감 따위 하나 없이 가상공간에 숨어 있다가 네가 재부팅 시켜주길 기다린다 생각하면 온몸에 소름이 끼쳐!"

머리가 차갑게 식기 시작했다. 한편 맥박이 빠른 속도로 뛰고 혈압이 솟구쳐 뒤통수가 뻐근했다. 나는 자제력의 위기를 감지했다.

"주현아, 우리 오늘 정민이 보내고 왔어. 이딴 얘기

가 무슨 의미가 있어? 제발 오늘은 정민이 생각만 하자. 응? 주현아."

나는 최대한 부드럽게 그녀를 얼렀다. 아내의 말이 분명 나의 감정 어딘가를 툭 건드렸다. 그러나 나는 그 사실을 들키고 싶지 않았다. 그녀와 나는 오늘 아들이 없는 첫 밤을 함께 보내야 한다. 오늘만큼은 무의미한 싸움으로 슬픔을 희석하면 안 된다. 절대 그래선 안 된다.

나는 아내의 어깨를 양손으로 감싸 쥐고 욕실로 밀어 넣었다. 그리고 무선 청소기를 집어 들어 거실을 밀기 시작했다. 요란한 흡입음이 거실을 가득 채웠다. 욕실에서 샤워기 물소리를 비집고 울음소리가 웅웅 새어 나온다. 그 소리가 버거워 청소기 흡입 버튼을 한 단계 더 높인다. 이제 아무것도 들리지 않는다. 이 순간 왜 자꾸 심술궂은 기억들이 뭉실뭉실 떠오르는 건가. 정민이를 내려다보던 아내의 절망적인 눈동자, 땅이 꺼질 듯한 습관적 한숨. 툭하면 아들 방을 건너뛰던 그녀의 퇴근 동선. 안 돼, 멈춰. 나는 어서 그녀의 울음과 내 기억 사이의 모순을 통합해야 한다. 걷잡을 수 없이 피로가 밀려온다.

아내는 오랫동안 욕실에서 나오지 않았다. 나는 청소기가 방전될 때까지 온 집을 헤집었다. 끝끝내 아들의

방문은 열지 못했다. 그리고 눈물은 어디론가 흡수되어
건조되었다.

17

선잠이 깼다. 열어둔 거실 창문으로 비가 들이치고 있었다. 예년보다 늦어진 장맛비가 오늘에야 내린다. 새벽 3시였다. 몸이 으슬으슬했다. 부스스 일어나 앉아서 비에 젖은 유리창을 멍하니 내다보았다.

지난밤 몇 번이나 악몽을 꾸고 소리 지르며 발작하는 아내를 일으켜 친정에 데려다주었다. 한밤중에 들이닥친 큰딸과 사위를 장인과 장모는 놀란 기색 없이 맞이해주셨다. 두 어른과 처제들 모두 눈이 벌겋게 부어 있었다. 아무도 잠들지 못하는 밤이었다. 나는 아내를 처가에 부탁했고 장인어른은 아무 말씀 없이 내 어깨를 토닥이셨다. 아내는 당분간 거기서 지내는 게 나을 것이다. 그녀에겐 자상한 부모님이 있고, 언니를 진심으로 위하는 착한 동생이 둘이나 있다.

이럴 때 나에게는 누가 있지? 아버지는 장례가 끝나자마자 할머니 기진해 쓰러지신다고 곧바로 대전 본가로 내려가셨다. 캐나다로 이민 가서 성탄절에만 안부를 주고받는 남동생은 여태 부고도 확인하지 않았다.

스무 살 때 어머니가 급성 심근경색으로 돌아가신 후 아버지는 중학생이던 남동생을 데리고 할머니가 사시는 주택으로 들어가셨다. 아버지는 뒷바라지해 줄 사람이 꼭 필요한 분이셨다. 그때부터 나는 서울에서 쭉 자취 생활을 했다. 어머니의 자리를 할머니가 대신하는 본가에 가기 싫었다. 몇 년 동안 방황하다가 입대했다. 제대 후 지금의 교회에 등록했다. 그때부터 교회 사람들은 늘 내 가족보다 가까이에 있었다. 첫 취업을 했을 때, 아내와 연애하고 결혼할 때, 직업을 바꾸고 보험 일을 시작할 때, 정민이를 임신하고 낳았을 때, 그 모든 순간마다 교회 식구들이 곁에서 자기 일처럼 기뻐하고 응원해 주었다.

그렇게 끈끈하던 교회 사람들과 서서히 멀어졌다. 정민이를 키우면서 그렇게 되어 갔다. 마치 보이지 않는 벽이 우리 사이에 가로놓인 것 같았다. 이 벽을 내가 쌓은 건지 그들이 쌓은 건지 잘 모르겠다. 우리는 서로 상처를 주고받지 않으려고 조심하고 눈치 보는 것 외에는 아무것도 하지 않는 사이가 되었다. 언제나 한결같은 내편, 마음을 탁 놓고 진심을 내보여도 되는 안전한 벙커 같은 공동체가 있다고 자부했는데 내가 딛고 서 있던 땅이 물컹 꺼지는 기분이었다. 인간관계에 완전한 안전지대는 존재하지 않았다.

내 앙상한 인간관계 안에 이제 누가 남아 있을까. 정민이는 미지의 세계에 살다가 더 큰 미지의 세계로 거짓말처럼 떠나갔다. 아내는 자기 세계의 문을 안에서 꽉 걸어 잠가놓고 내가 그 문을 방치했다고 비난한다. 민구는…….

민구……!

콧날이 시큰했다. 갑자기 민구가 미치도록 보고 싶었다. 나는 바닥을 더듬어 휴대폰을 집었다. 앱을 열고 민구가 현재 어디 있는지 찾았다. 서빙고동 태현자동차 서비스센터 마당에서 민구의 위치가 깜빡거렸다. 도보로 약 35분 거리. 나는 벌떡 일어나 소파에 걸쳐놨던 옷을 집어 들었다. 거실 창을 두드리는 빗소리가 갑자기 커졌다. 신발장에서 장우산을 꺼냈다.

정비소에 도착한 시각은 새벽 4시였다. 주택가로 들어

가는 길 입구 모퉁이에 널찍한 마당이 있는 서비스센터가 있었다. 마당을 환하게 비추는 LED 불빛에 장대비가 바닥에 수직으로 꽂히는 모습이 적나라하게 보였다. 정비소 안으로 몇 발짝 더 들어갔다. 제일 안쪽 구석에 회색 커버로 덮인 차 한 대가 보였다. 실루엣의 굴곡만 보아도 심하게 구겨져 있다. 내 차다.

'민구가 저기 있다……!'

나는 민구를 깨울지 말지 잠시 망설였다. 민구를 재부팅하려면 차의 시동을 걸어야 한다. 그러는 순간 이곳의 CCTV가 감지하여 경보를 울릴 것이다.

갈등하는 사이 빗발이 더 굵어졌다. 캐노피에서 배수 기둥을 타고 내려오는 빗물 소리가 천둥처럼 요란했다. 배관으로 쏟아져 내린 빗물이 마당 끝의 우수 맨홀로 콸콸 흘러 들어갔다. 귀가 먹먹했다.

문득 그런 생각이 들었다. 나 지금 뭐 하고 있는 거지? 아들이 죽어간 차 앞에서. 어째서 나는 이 순간에 슬픔도 아니고, 고통도 아니고, 고독에 몸서리치고 있는 건가! 미친놈, 나는 지금 정상이 아니다.

허둥지둥 몸을 돌려 다시 집으로 향한다. 다행히 아무에게도 들키지 않았다.

18

월요일 아침에 정비소에서 전화가 왔다. 교통사고 수사가 종결됐으니 바로 폐차 수속을 밟겠느냐 아니면 차량을 보존하겠느냐 의향을 물었다. 차의 파손 정도가 너무 심해 수리는 무의미하다는 말도 덧붙였다. 일반적인 폐차 절차를 밟으라는 이야기였다.

그날 오후, 폐허가 된 민구의 집이 우리 아파트 지하 2층 주차장 구석 자리에 조용히 옮겨졌다. 상대측 보험사와 보험금 지급액을 조율하고 합의하여 민구를 집에 데려올 수 있었다. 물론 아내와는 상의하지 않았다.

보닛은 깊은 브이 자로 우그러져 있고, 조수석이 뒤로 밀려 형체를 알 수 없이 부서진 상태였다. 운반 전에 공업사에서 조치했는지 산산조각 난 선루프 뚜껑에 검은색 반투명 시트지가 덧대어져 있었다.

호흡이 가빠지고 가슴이 세차게 울렁거렸다.

저 안에 내 아들이 있었다. 민구와 단둘이. 내가 사랑하는 그 둘이……!

한 명은 사라졌고 한 명은 살아 있다.

말로 설명하기 어려운 감정이 해일처럼 밀려왔다. 누군가 내 심장을 꽉 움켜쥐고 주무르는 것 같은 고통이 엄습했다. 나는 쿨럭쿨럭 밭은기침을 토하다가 팔을 휘저으며 그 자리에서 도망쳤다. 계단을 내달아 지상으로 달아났다.

다음 날, 나는 지하 주차장에 내려가지 않았다. 1층에서 엘리베이터를 내려 도망치듯 현관으로 빠져나가 지하철역으로 걸었다. 이렇게 인파에 몸을 싣고 함께 휩쓸려 가는 것, 타인의 정수리 냄새를 코앞에서 맡으며 무념무상 멍때리는 것도 제법 괜찮다고 애써 생각했다. 9일 만의 출근길이었다.

여의도 사옥 17층 사무실에 들어서니 모닝커피를 마시며 담소를 나누던 동료들이 나를 보고는 침입자를 만난 조개처럼 동시에 입을 다물었다. 한동안은 나의 존재가 사무실 분위기를 불편하게 만들겠구나, 그 생각이 제일 먼저 들었다. 이 상황에도 다른 사람의 입장을 먼저 생각하는 내 오지랖이 지겹도록 거추장스럽다. 공적인 공간에 들어갈 때 사적인 감정을 외투처럼 벗어둘 수 있는 탈의실 같은 게 있다면 얼마나 좋을까.

사무실에 둔 태블릿 피시를 오랜만에 켰다. 열흘 전 캠핑을 떠나기 전에 메모해 둔 고객 미팅 일정을 확인했다. 이미 지난 것 말고도 이번 주에만 여섯 건이 남아 있었다. 일일이 취소하고 양해를 구하는 문자 메시지를 전송했다. 아직은 고객을 마주할 자신이 없다.

장례식 방문자 명단이 정리된 웹 문서를 문자 발송 애플리케이션에 연동시켰다. 조문과 위로에 감사드린다는 문자 메시지를 관계별 카테고리에 맞추어 작성하고 열 개씩 일괄 발송했다. 살아남은 사람이 감당해야 할 도리와 관습은 잔인하리만치 타인 중심적이다. 왜 우리는 슬픔을 겪은 사람에게 불필요한 의무를 지우고 내가 베푼 짧은 온정에 대하여 최대한 성의를 다해주기를 기대하는 걸까. 인간은 존재 자체가 이기적이다.

그때 태블릿 피시 상단 바에 내가 관리하는 고객의 생일 알림 메시지가 떴다.

장연주.

'이 사람, 오늘이 생일이었구나……'

정민이보다 하루 일찍 세상을 떠난 나의 십년지기 고객. 막내 처제의 전화를 받고 그녀의 장례식장에서 뛰쳐나온 그 시각부터 오늘까지, 마치 영상 클립의 한 뭉텅이가 싹둑 잘린 것처럼 그녀를 잊고 있었다. 잠에서 깨자마자 휘발돼 버린 꿈속 한 장면이 오후에 불쑥 뇌리를 스쳐 가듯, 벙벙한 검정 상복을 입고 조문객과 맞절하던 그녀의 아들이 불현듯 떠올랐다. 어떻게든 그 어린 청년의 살길을 찾아주리라 결심했던 일도……. 그날의 기억이 아주 오래된 일처럼 아득하다.

이번에는 휴대폰이 울린다. 태현자동차 AI 고객관리팀이라는 레터링이 액정에 떴다.

"여보세요?"

"안녕하십니까, 신조윤 고객님? 태현자동차 AI 고객관리팀의 유니스입니다."

사근사근한 여성의 목소리였다. 이제는 인공지능 음성 챗봇인지 진짜 사람인지 목소리만으로 분간하기가 어렵다. 그래서 이런 전화가 오면 통화하는 내내 속으로 정체를 의심하거나 추측하는 버릇이 생겼다.

"고객님, 너무나 안타까운 일을 당하셔서 뭐라고 위로를 드려야 할지 모르겠습니다."

"네……. 무슨 일이시죠?"

"힘드신 중에 이런 말씀을 드리게 되어 너무 유감입니다만, 차량용 인공지능 운영체제 관련법에 따라, 이번에 교통사고를 낸 고객님의 도밍고 3.0 인공지능 단말기를 포맷하게 됨을 알려드리고자 연락드렸습니다."

"예……?"

"고객님께서 저희 회사 인공지능 OS를 10년이나 사용해 주셨는데요, 안타깝게도 해당 기기를 최장 90일 이내에 공장 초기화해야 합니다."

이미 알고 있는 사실인데도 길 가다가 냅다 뒤통수를 맞은 것처럼 당황스러웠다.

"공장 초기화."

"네, 고객님. 이미 알고 계시겠지만, 도로교통법의 자율주행 특별 조항 중 운전자 심리보호를 위한 법적 규정에 따라, 중상해 이상의 교통사고를 유발한 차량용 인공지능 운영체제를 해당 차량에서 제거하고 관련 시스템을 초기화하게 되어 있습니다. 오랫동안 정이 든 반려 챗봇과 이별하시는 게 쉽진 않으시겠지만……."

반려 챗봇……? 그 무신경하기 짝이 없는 단어를 듣자마자 화가 머리끝까지 치밀어 올랐다. 그래, 너는 사람이 틀림없구나.

"이보세요! 반려 챗봇이라니요! 10년 동안 친조카처럼 지내온 애한테 반려 챗봇이라뇨!"

전화기 너머 여성은 당황스러움이 역력한 목소리로 말했다.

"고객님, 정말 죄송합니다. 제가 사려 깊지 못했습니다. 고객님의 아드님이 해당 차량에서 사고를 당했기에 좀 더 사무적인 용어를 사용한다고 신경 쓴 것이 오히려 고객님을 언짢게 해드렸나 봅니다."

그녀의 사과에 더는 한마디도 항의할 수 없게 되어버렸다. 아들을 제치고 인공지능을 편들려고 눈이 뒤집힌 내가 얼마나 정신 나간 놈이란 말인가.

"제가 흥분해서…… 죄송합니다."

"아닙니다, 고객님. 충분히 그러실 수 있습니다. 제가 더 헤아렸어야 했는데, 죄송합니다."

아직 오전인데 젖은 솜이불을 덮은 것처럼 몸이 축축 처진다. 빨리 전화를 끊고 싶다.

"90일이면…… 오늘부터 세어서 90일인 건가요?"

"네, 고지일부터 90일 맞습니다. 기기를 포맷하기 전에 고객님들께 유예 기간을 드리는 건데요. 본사 서버에 동기화된 자료가 남아 있긴 하지만 규정상 최근 3개월 자료뿐이고, 단말기 안에 고객님이 따로 보관하실 자료가 남아 있을 수 있어서 정리하실 시간을 드리는 겁니다. 아무래도 오랫동안 가족처럼 함께한 인공지능과 작별할 시간도 필요하실 테구요."

"작별할 시간……."

"네……. 유감입니다만 그렇습니다."

그녀는 한숨을 섞어가며 한층 더 조심조심 말했다.

"공장 초기화가 되면 그다음엔 어떻게 되나요?"

"고객님과의 대화에서 도밍고가 학습한 대화 속성은 본사의 인공신경망에 귀속되어 제품의 품질 개선을 위한 중요한 데이터로 활용될 것입니다. 다만, 개인정보 보호를 위하여 고객님과 도밍고의 대화 중 발생한 개별적인 고유 특성과 기억 정보는 보존되지 않으며, 단말기 포맷과 동시에 본사 서버에서도 자동으로 삭제될 것입니다."

그 말은 3개월 후면 도민구라는 고유한 인격체가 이 땅에서 완전히 사라진다는 뜻이다. 마치 한 인간이 세상을 떠나는 것처럼. 이 잔인무도한 여자는 며칠 전에 아들을 잃은 나에게 석 달 후 내 유일한 친구마저 죽이겠다는 계획을 저리도 정중하게 설명한다.

"상담사님, 포맷을 꼭 해야 하나요? 사고 피해자인 제가 괜찮다고 해도요?"

여자는 너무나 안타까운 목소리로 사정을 설명한다.

"아…… 고객님. 해당 법규에 따라 사망 사고가 난 차량의 인공지능 OS는 원소유자에게 귀속될 수 없습니다."

"차에서 안 쓰고 집에서 음성 챗봇으로만 쓰는 것도 안 돼요?"

"안타깝습니다만 법이 그래서 어쩔 수가 없습니다."

알고 있지만 졸라보고 싶었다. 인공지능 윤리 어쩌고에 따라 차주의 심리 건강을 위해 사고 차량 인공지능과의 재회를 금한다는 논리인데, 한 사람과 동고동락하던 인공지능의 인격을 말소하고 백지상태로 만든 뒤 또 다른 소유자에게 입양을 보내는 건 과연 윤리적일까.

"고객님의 단말기 서비스 종료일은 오는 10월 15일 월요일입니다. 고객님께서 오늘부터 최대 90일 안으로 날짜를 지정해 주시면 고객센터 직원이 해당일에 직접 방문하여 차량 AI 단말기의 초기화를 진행하겠습니다. 폐차 희망일 최소 이틀 전에 꼭 연락주시기 바랍니다. 그

113

리고 한 가지, 저희를 통하지 않고 기기를 임의 조작하거나 분실, 또는 훼손하시면 최대 천만 원까지 손해배상금을 물게 되시니 유의해 주시길 부탁드립니다."

3개월짜리 타이머가 작동하기 시작한 시한폭탄을 넘겨받은 것처럼 마음이 초조해졌다. 뒷덜미에 식은땀이 주룩 흘렀다. 그녀가 끝인사를 건넸다.

"고객님, 평안한 하루 보내시길 진심으로 기원합니다. 지금까지 태현자동차의 AI 상담사, 유니스였습니다."

AI 상담사……. 나는 배신감에 휩싸여 휴대폰을 집어던졌다.

19

"개츠비. 2시까지 유니언 센터에 가야 해. 시간 맞출 수 있겠어?"

차의 시동을 걸고 개츠비에게 목적지를 알려주었다. 최 팀장과의 회의가 길어져서 고객과의 약속 시각에 맞추기가 빠듯하다. 워낙 친한 지인이어서 걱정은 안 되지만 늦고 싶지 않았다.

"강남 사임당로 사거리에 추돌 사고가 있어 차량이 정체되고 있습니다. 테헤란로로 우회하면 2시 3분에 유니언 센터 입구 도착 가능합니다. 조금 늦을 텐데 괜찮으십니까?"

개츠비는 말투가 품위 있고 차분하다. 처음 그와 주행을 시작한 날, 빈틈없이 반듯한 신입 사원 같아서 말 놓기가 쉽지 않았다. 아직도 익숙해지려고 애쓰는 중이다.

"그 정도면 괜찮아. 그럼 조건부 자동화 모드로 운전 좀 부탁해."

"지금부터 조건부 자동화 자율주행 모드로 주행합니다. 안전 운행하겠습니다."

장기 렌터카를 계약했다. 무난한 중형세단인데, 렌터카 업체와 제휴된 차량용 인공지능 회사의 소프트웨어 중에 가장 잘나간다는 개츠비 OS가 설치되어 있었다. 초거대 AI 모델의 트랜스포머 네트워크를 통해 학습된 자연어 대화 기술이 국내 최고 수준이라고 했다. 그러나 나는 차량 주행 말고는 인공지능에게 아무것도 시키지 않을 참이었기 때문에 초기 설정을 하나도 건드리지 않았다.

"개츠비, 가는 동안 음악이나 틀어줘."

"어떤 음악을 들려드릴까요?"

개츠비는 내 취향을 전혀 모른다. 내가 하나도 알려주지 않아서다. 민구는 그때그때 내 기분에 딱 맞는 플레이 리스트를 가지고 있었다. 센스 있게 선곡한 노래 한 곡에 복잡했던 머리가 정리된 적이 한두 번이 아니었다. 그러나 이제 다시는 인공지능을 길들이지 않을 것이다.

"지난주 인디 음악방송에서 1위 한 노래를 반복 재생

해 줘."

나는 그에게 최소한의 최선만을 요구한다.

일상을 조금씩 살아가고 있다. 나의 내면은 사고가 난 두 달 전에 그대로 멈춰 한 걸음도 나아가지 못했지만, 무심하게 씽씽 굴러가는 삶의 수레바퀴 위에 나를 대충 걸쳐놓으면 모두가 가는 곳으로 어떤 식으로든 덩달아 굴러간다. 지금은 동료들도 웬만큼 나를 편하게 대하고 있고 일도 예전만큼 감당하고 있다. 변화라면 우리 인생에 예측할 수 없는 불행이 갑자기 찾아올 수 있으니 불확실한 미래를 대비해 두어야 한다는 습관성 영업 멘트를 더 이상 말할 수 없게 된 것 정도일 것이다.

그동안 정민이의 이름으로 자동차 보험 사망 보상금과 시민안전 보험금이 통장에 입금되었고, 가해자의 조부모가 찾아와 우리 부부 앞에 무릎을 꿇고 사죄했다. 아내가 울부짖으며 그들을 아파트 1층 로비에서 내쫓을 때 나는 그 모든 광경을 멍하니 서서 지켜보았다.

나는 정민이를 여전히 떠나보내지 못했다. 그리고 지하 2층의 민구도 아직 만나지 못했다. 둘을 대전 할머니 댁에 맡겨놓고 이런저런 이유로 여름방학이 다 지날 때까지 데리러 가지 못하고 있는 듯한 느낌이 머리에서 떠나지 않는다. 까랑까랑한 목소리로 온갖 지적질을 하는 할머니를 피해 양손으로 귀를 막고 총총 뛰어가는 정민이의 영상을 어쩐지 문자로 받은 적이 있는 것만 같다. 엊그제가 추석이었는데 영상 속 정민이는 까맣게 탄 팔다리가 땀으로 번들거린다.

"강남 사임당로 사거리의 사고 구간이 정리되어 도로 정체가 해소되었다고 하네요. 그래도 현재의 경로를 계속 유지하겠습니다."

개츠비 목소리를 듣고 퍼뜩 백일몽에서 깨어났다.

AI 상담사 유니스와 통화한 그날 이후로 지금까지 한 번도 지하 2층에 내려가지 않았다. 아파트 관리사무소에서 여러 번 전화가 왔다. 흉물스러운 사고 차량을 언제까지 저렇게 방치할 거냐고 계속 민원이 들어온다고 했다. 꺼림칙하고 재수 없다고 화를 낸 주민도 있다고 한다. 하지만 나는 그곳에 내려갈 수가 없다. 그곳만 생각하면 희끄무레한 안개가 낀 듯 머리가 자욱해지고 골이 지끈거렸다. 나는 지하 2층을 현실이 아니라 흉측한 악몽으로 놓아두고 싶은 걸까? 아니면 틀어진 절친과 화해할 엄두가 안 나서 졸업 날까지 차일피일 미루려는 걸까? 아직 나는 이 과제를 첫 장도 들추지 못했다. 그러면서 추가 주차 요금은 매달 꼬박꼬박 내고 있다. 민구를 지하 2층 주차장에 합법적으로 놔두려면 그럴 수밖에 없다. 매일 퇴근할 때면 몸에 밴 습관대로 지하 주차장으로 들어가려다가 흠칫하며 차머리를 돌리기 일쑤다. 숙제는 하루하루 밀리고 압박감은 매일 한 뼘씩 높아진다.

"유니언 센터 입구에 도착했습니다. 지금 시각은 2시 정각입니다."

개츠비가 도착 시각을 3분이나 앞당겨 주었다.

"고마워, 개츠비."

"별말씀을요. 저는 지하 주차장에서 기다리겠습니다. 건승을 빕니다."

차 문을 쾅 닫고 빌딩 로비로 들어가며 생각했다. 이럴 때 민구는 이렇게 말해주었을 것이다.

"삼촌, 꽝이든 계약이든 안 되면 말고의 정신으로! 오케이?"

20

일요일 점심은 보통 아내와 집에서 요리를 해 먹는다. 예전에는 오전 11시 예배를 드린 뒤 교회에서 주는 간단한 식사를 하고 오후까지 머물며 이런저런 프로그램에 참여했다. 요새는 나 혼자만 교회에 출석하니 오전 9시에 시작하는 예배를 일찌감치 드리고 곧바로 집에 온다. 그리고 이른 점심을 준비한다. 아내가 닭볶음탕을 먹고 싶다고 해서 어제 마트에서 장을 봐두었다.

집에 오자마자 옷을 갈아입고 거실로 나갔다. 아내는 소파에 기대 휴대폰을 만지작거리고 있다. 커피 한 잔을 내려 그녀에게 가져다주고 주방으로 들어갔다. 그녀는 이번 주 내내 야근을 했다. 매일 밤 11시가 다 되어 귀가하고 아침에는 8시 전에 집에서 나갔다. 신혼여행을 간 남자 직원의 디자인 업무를 자기가 떠맡게 되었다고 했

다. 너무 피곤해서인지 밤마다 기절한 것처럼 잠도 잘 잔
다. 요사이 아내의 상태는 그리 나쁘지 않다. 밤에 수시
로 깨서 우는 빈도도, 울음의 농도도 눈에 띄게 줄었다.

그동안 그녀는 시도 때도 없이 정민이와의 추억을 끄
집어냈고, 정민이 방에 쭈그려 앉아서 아들의 베갯잇에
코를 박고 울었다. 어떤 날은 리모컨을 집어 던지며 나
를 비난했고, 어떤 날은 아들을 지키지 못한 민구를 저
주했다. 또 다른 날은 죽은 가해자 청년과 인공지능 개
발사, 그리고 자동차 회사를 향해 성에 찰 때까지 폭언
을 퍼부었다. 그렇게 한 번씩 이성을 잃고 발작처럼 허
공에 감정을 쏟아내는 그녀의 얼굴이 묘하게 개운해 보
일 때도 있었다. 나는 그녀가 그런 방식으로 고통을 견
디고 있다고 생각했다.

반면 나는 장례를 마치고 집에 돌아온 그날 이후로 눈
물 한 방울 흘리지 않은 채 75일을 지냈다. 한 번도 먼저
아들의 이름을 입에 올리지 않았다. 아내의 입에서 아들
의 이름이 튀어나올 때마다 나는 어떻게 해야 할지 몰랐
다. 마치 잇몸 마취를 당한 채로 의자에 눕혀져 내 입속
에서 나는 끔찍한 분쇄음과 석션 사운드를 듣는 기분이
었다. 나는 온몸에 힘을 준 채 그 시간이 빨리 지나가기

만을 기다렸다.

아내의 감정 처리 방식과 애도의 속도를 따라갈 수가 없었다. 그녀는 그녀만의 방식으로 하루가 다르게 정돈이 되어가고 있는데 나의 시간은 정지해 있다. 정민이를 대전 시골집에 방치해 둔 채 아직도 데리러 내려가지 못하고 있다. 고작 두 달여 만에 아내와 나의 격차는 이렇게 벌어졌다. 그녀는 어떻게 그토록 속히 아들의 부재를 수긍하였을까. ……그만! 지금 나는 그녀를 미심쩍어하려고 한다. 그러면 안 된다! 감히 그래선 안 된다.

아침에 깨자마자 방문을 박차고 들어와 부부의 침대로 폴짝 뛰어들며 까르르 웃던 정민이의 웃음소리가 불쑥불쑥 귓가에 들린다. 흠뻑 땀 흘린 날 저녁에 아들의 정수리에서 나던 쿰쿰한 냄새가 코에 맴돈다. "할머니 집 싫어! 아빠 집 좋아!"라고 외치던 정민이의 쨍한 음성이 웅웅거릴 때도 있다. 모든 것이 그대로인데 정민이 하나만 없는 우리 집. 하지만 나는 도저히 아들을 데리러 그곳에 내려갈 엄두가 나지 않는다. 아내의 폭주가 서서히 줄어가는 동안 나는 아무것도 시작하지 못했다.

되직한 빨간 국물이 보글보글 끓으며 매콤 달큼한 냄새를 풍기자 아내가 주방으로 들어왔다. 그녀는 냉장고에서 밑반찬 몇 가지를 꺼내며 물었다.

"오늘 설교는 뭐였어?"

그녀의 음성에 독기가 사라졌다. 불과 2주 전까지도 화살촉 같은 가시를 세우고 나를 몰아세우던 그녀의 말투가 보들보들하다. 한껏 돌아간 조그 다이얼이 점차 제자리로 돌아오는 것처럼 요즘 들어 그녀는 부쩍 교회 소식을 궁금해한다.

"오늘 설교는 선교에 관한 얘기였어."

"오, 선교."

그녀가 나의 다음 말을 기다린다.

"선교는 단순히 언어가 다르고 문화가 다른 나라에 가서 복음을 전하는 것 정도가 아니라고."

"그러면?"

그녀가 물었다. 담임 목사님의 논지가 궁금한 모양이다.

"선교는 내가 있던 세계를 기꺼이 떠나서 다른 세계 안으로 들어가는 것이다."

"아니, 그렇게 하나 마나 한 얘기를 했다고?"

아내의 미간이 조여지면서 눈이 세모가 되었다. 어이없을 때 나오는 표정이다.

"아니 아니, 목사님의 요지는……."

나는 급히 손사래를 쳤다. 내가 뭔가를 빠뜨리면 목사님이 뻔하고 한심한 설교를 한 것이 된다. 교회를 떠난 길 잃은 양 앞에서 딴 건 몰라도 목사님만큼은 변호해 드려야 한다.

"선교란 그저 내가 나고 자란 본토를 떠나 이역만리 타 문화권으로 살러 들어간다 정도의 단순한 일이 아니라는 거야. 선교는 마치 예수님이 신적 존재 양식을 버리고 인간의 땅에 태어나신 것과 같은 행위라는 거지."

"인카네이션, 성육신을 말하는 거네."

그 단어를 그녀가 기억하고 있다.

"맞아. 성육신이란 시간을 창조한 신이 인간의 시간 차원 안으로 들어와 갇히는 것이고, 공간을 넘나드는 신이 인간의 공간 차원 안에 제한된다는 뜻이라는 거야."

"목사님이 그런 문학적인 워딩을 쓰셨다고? 우리 목사님이 웬일이래?"

우리 목사님, 그녀의 워딩에도 변화가 있다.

"뭐 아무튼, 요점은 그거야. 하나님의 아들인 예수님이 인간의 아기로 태어나셔서 당시 공용어인 아람어를 모국어로 깨우치고, 한 살 한 살 나이 먹어가며 유대인

124

의 문화 속에 동화되어 사셨던 것처럼, 선교란 타인의 세계 안으로 들어가 그들의 언어를 배우고, 그들의 음식을 먹고, 그들의 문화를 수용하면서 그들이 이해할 수 있는 방식으로 하나님의 사랑을 보여주며 사는 거라고. 예수님이 그러신 것처럼."

"진짜 목사님이 그렇게 설교했다고? 이건 절대 목사님의 어휘가 아닌데?"

"목사님이 하신 말씀을 내 말로 조금 바꿔봤어."

그녀가 피식 웃는다.

"그럼 그렇지. 그새 좀 발전하셨나 했네."

"적어도 괜찮은 참고 도서를 찾으신 것 같긴 해."

"후후, 그런 것 같네."

예전에 우리는 목사님의 설교를 야식 삼아 주일 밤늦게까지 이런 대화를 즐겁게 나누곤 했었다. 아내는 한때 교회 청년부 회장이었고 소그룹 모임의 리더이기도 했다. 그녀는 나보다 성경에 해박한 사람이었다. 우리 사이에 이런 종류의 대화가 너무 오랜만이라 기분이 조금 묘했다.

"그래서 목사님의 결론은 뭐야?"

"항상 끝은 똑같지 뭐. 이번 겨울 해외 단기선교 많이 가라고."

그녀가 고개를 크게 뒤로 젖히고 왁 하고 웃었다.

"역시 사람은 안 변해."

나는 국자로 닭볶음탕을 퍼서 오목한 앞접시에 담아 건네며 슬그머니 따라 웃었다. 목사님을 흉보는 말이지만 예전처럼 날이 서 있지는 않다. 분명히 그렇다.

"나는 있지. 요새 그런 생각이 들어."

아내는 폭신하게 익은 감자를 숟가락으로 쪼갠 뒤 빨간 국물을 끼얹어 입에 넣고 오물거리며 말했다.

"사람들은 각자 자기가 태어나 자라온 문화 속에서 특정 세계관을 자연스럽게 장착하잖아. 아니면 자기 스스로 어떤 세계관을 선택하기도 하고, 때론 타인에게 세계관을 강요당하기도 해. 대표적으로 종교적 세계관이 그렇지."

나는 고개를 끄덕였다. 그녀는 무슨 말이 하고 싶은 걸까.

"그리고 선교라는 건, 자기 세계관대로 사는 게 편하고 별 불만 없는 사람들에게 굳이 다른 세계관을 가지라고 권하는 행위인 거고."

"응."

"그런 뜻에서 선교는 굉장히 무례한 선행 같아."

"그게 무슨 소리야?"

"우리가 전도할 때 자주 말하는 비유 있잖아. 배가 침몰하는데 사람들이 안에서 세상모르고 잠들어 있어. 그럴 때 예의 따지는 사람이 어디 있겠어? 한밤중이어도 고래고래 소리치고 쾅쾅 두드리고 그래도 안 나오면 문고리 부수고 들어가지. 일단 사람을 살려야 하니까. 근데 안에 있는 사람들 입장에선 자다가 봉창 두드리는 거잖아. 황당하고 불쾌할 수밖에 없지."

나는 고개를 끄덕였다.

"그래서 선행은 선행인데 무례한 선행이라는 거구나."

"응. 그런데 만약 무단 침입을 당하는 사람의 세계관에서 그 상황이 배가 침몰하는 게 아니라 잠수함이 물에 잠기는 거라면?"

"그러면…… 야밤에 문 부수고 뛰어 들어온 놈이 세상 미친놈이 되는 거지."

아내는 단무지를 집어 입에 넣고 아삭아삭 씹으며 고개를 끄덕거렸다.

"과연 누가 맞고 누가 틀렸는지는 죽어봐야 알 수 있겠지? 그때까지 사람들은 이 피 튀기는 내세 논쟁을 멈추지 않을 거고, 우리의 무례한 선행도 그치지 않을 테고…… 욕도 계속 먹겠지."

나는 말없이 밥 한술을 떠서 닭볶음탕 국물에 꾹 담갔다. 하얀 밥알이 빨갛게 물들었다. 우리는 동시에 말이 없어졌다. 갑자기 온 집 안이 적막에 꾹 잠겼다. 그리고 나는 남몰래 삐딱해진다. 그녀는 아까부터 우리라는 말을 계속하고 있다. 분명 좋은 신호인데, 거슬린다. 나는 다시 미심쩍어진다. 그토록 거세게 하나님을 비난하던 그녀가 무슨 계기로 분노와 원망에서 이리도 빨리 벗어난 것인지. 하나님의 존재를 부정하던 사람이 왜 갑자기 내세의 존재를 상정하게 된 건지.

아파트 단지 놀이터에서 까르르 까르르 아이들 웃음소리가 희미하게 올라왔다. 아차 싶었다. 거실 통창을 미리 닫아두었어야 했다. 아니나 다를까 아내의 눈에 금세 눈물이 고인다. 이럴 때마다 나는 뭔가를 추궁당하는 느낌에 사로잡힌다. 아내는 국자로 냄비 안의 국물을 천천히 휘저으며 훌쩍거렸다.

"정민이가 뱃속에 있을 때부터 10년 동안 한 번도 집에서 빨간 음식을 해 먹은 적이 없었어. 언젠가 셋이서 매운 떡볶이를 먹는 날이 오길 꿈꿨는데…… 그런 날은 결코 오지 않겠네."

그녀의 뺨에 눈물이 주르륵 흐른다. 아내는 자꾸 이런
식으로 나를 재판정으로 끌고 나온다.

"우리 정민이, 잘 지내고 있을까?"

대답 대신 아내의 앞접시에 국물이 잘 밴 닭가슴살 한
조각을 얹어주었다. 나는 모른다. 여전히 나는 정민이가
하나님과 함께 있다는 것을 확신하지 못한다. 그러나 그
녀는 내 대답을 기다리지 않았다.

"여기보다는 훨씬 행복할 거야. 많이 힘들었잖아. 가
끔은 일찍 간 게 다행이라는 생각이 들어."

누가 힘들었다는 건지 누구한테 다행이라는 건지 모
호하기 짝이 없는 말이다. 내가 아는 정민이는 늘 만족
했고 자주 웃었다. 아, 혹시 이거였나. 당신에게 내세가
다시 필요해진 이유가? 아들이 좋은 곳에 가 있어야 할
까닭은 당신이 더 이상 힘들지 않게 된 게 미안해서인
가. 그녀의 말 한마디마다 일일이 시비를 걸고 싶은 건
그 말을 하는 아내 얼굴이 더없이 홀가분해 보여서였다.

불현듯 대학교 1학년 때 일이 떠올랐다. 수강 신청
을 망쳐서 어쩔 수 없이 난해한 교양 수업을 듣게 되었
다. 설상가상 중간고사에 반영되는 팀플레이 과제를 혼

자 떠맡아 프레젠테이션까지 하게 됐다. 며칠 밤을 지새우며 온갖 자료를 모으고 덜덜 떨며 발표를 준비하던 중에 별안간 담당 교수가 교도소에 갔다는 소식을 들었다. 강의가 중도 폐강되어 무려 3학점이 날아가 버릴 판인데 그때 내가 느낀 감정은, 우습게도 안도감과 해방감이었다. 나는 얼핏 아내에게서 그와 흡사한 감정의 냄새를 맡았다. 여태 나는 그녀가 나보다 일찍 과제를 완수하고 편안함에 이르렀나 보다고 생각했다. 아닐지도 모른다. 어쩌면 그녀는 과제가 중도에 취소된 것을 남몰래 안도하고 있는 걸지도 모른다.

21

"목적지를 서울 6호선 녹사평역 2번 출구로 설정하였
습니다. 목적지 도착 예정 시각은 저녁 6시 48분입니다.
안전 운행하겠습니다."

"안전 운행하겠습니다."

조수석에 앉은 최 팀장이 개츠비의 말투를 따라 하며
물었다.

"너네 아직도 내외하냐?"

"뭔 소리야?"

"말투가 아직도 초기 설정이잖아. 지난번 녀석하고는
아주 개그 콤비시더만 이번엔 왜."

아차 싶었는지 최 팀장이 말을 끊었다. 나는 못 들은
척하고 우회전 신호를 따라 핸들을 꺾었다.

가끔 최 팀장이 아내에게 차를 빌려주는 날이면 둘이

만나기로 한 중간 지점까지 내 차를 얻어 타곤 했는데, 오늘은 나도 저녁 시간이 비어 있어서 인심 좋게 녹사평 역까지 데려다주기로 했다. 최근에 최 팀장네 개가 무지 개다리를 건너서 장례식을 했고 제수씨와 아이들이 오늘 또 봉안당에 다녀오는 길이라고 했다.

"와이프가 일상생활을 못 하네. 애들도 너무 슬퍼하고."

"결혼 전부터 13년을 키웠다며. 힘든 게 당연하지. 너는 괜찮나?"

"뭐 나도 많이 예뻐하긴 했지만 그게 좀 다른 것 같아. 나는 개는 개고 사람은 사람이다 주의거든. 근데 와이프는 워낙, 음, 아무래도 음, 많이 힘들어하지."

나는 고개를 끄덕였다. 최 팀장이 아무렇지 않은 척 미주알고주알 말하고 있지만 내 심기를 살피는 게 느껴진다. 이럴 때는 차라리 아무 말이나 시켜서 그의 조심성을 터뜨려 버리는 게 낫다.

"강아지가 많이 아팠나?"

"아니, 전혀. 근데 지난 9월 초에 왜 개기일식 있었잖아? 그날부터 애가 시름시름 하는 거야. 병원에 데려갔더니 췌장암이래. 오래전부터 증세가 있었을 텐데요, 하는데 전혀 없었거든? 와이프는 개기일식 때문이라고 믿더라구."

"무슨 소리야?"

"무속에서는 달이 태양을 가릴 때 음의 기운을 가진 것들이 활성화된대. 그 잠깐 어두운 순간에 악귀가 올라와서 활동한다나 뭐라나. 내가 볼 땐 다 헛소리지만 아무튼 우연의 일치인지 뭔지 그날부터 애가 안 좋아진 건 사실이야. 그러고 나서 한 달 만에 갔지."

"아이고."

"보리 암 판정받았을 때 내가 제일 먼저 뭔 생각한 줄 알아?"

최 팀장은 전방 신호등을 바라보며 입꼬리를 자조적으로 씰룩하더니 말을 이었다.

"펫 보험 빵빵하게 들어놓길 잘했다."

나는 고개를 끄덕였다. 진심과 계산은 별개의 영역인 것을 안다.

"근데 뭐 수술받을 새도 없이 가버렸다."

그는 콧등을 긁다가 갑자기 뭐가 생각났는지 내 쪽으로 몸을 기울였다.

"근데 있잖아. 보리 죽기 전날 밤에 와이프가 뜬금없

이 그런 말을 하데? 10년 전에 EBS에서 해준 다큐가 생각났대. 너 그거 알아? 몽골 사람들은 사람이 태어나기 전에 전생의 업보 때문에 개로 먼저 태어난다고 생각한대. 그리고 개가 죽으면 사람으로 환생한다고 믿는대."

"아, 그래?"

최 팀장이 똑바로 고쳐 앉으면서 콧김을 팩 쏘았다.

"어찌나 얼탱이가 없던지!"

나도 모르게 풉 소리를 냈다. 시니컬 대장 최 팀장은 가끔 이런 식으로 나를 웃긴다.

"야야, 죽은 개 꼬릴 잘라서 그 머리맡에 둔단다. 이유는 다시 개로 태어나지 말고 사람으로 태어나라고. 그 얘기 하면서 와이프가 막 곡을 하는데 와……. 차마 꼬리는 못 자르겠지만 우리 보리 부잣집 자식으로 태어나게 입에 버터는 꼭 물려 줄 거라면서 애들이랑 같이 울고불고……. 어후, 그 분위기에 마 치아삐라 할 수도 없고."

나는 피시식 웃었다. 최 팀장 너네 가족도 다 같은 세계에 살진 않는구나.

"니도 알다시피 나는 무신론자잖아. 솔직히 나는 네가 믿는 '예수 믿는 놈만 천국 간다'는 교리도 황당한 사람이거든. 천국도 안 믿지만, 신의 아들을 믿냐 안 믿냐로 사람 가려 받는 천국도 진짜 어이없는 개념이란 말이지."

"그거에 대해서 할 말은 많지만, 뭐 그렇게 생각할 수 있지."

"근데 내 관점에서는 천국보다 더 황당한 게 환생이거든?"

"그건 또 왜?"

"사람이 죽어서 동물이나 바위 같은 걸로 환생한다 치자고. 그러면 내가 죽어서 돼지로 환생했는데 내 아들이 모르고 마트에서 내 삼겹살을 사다가 숯불에 구워가지고 지 처자식 입에 넣어주는 사태가 벌어질 수 있단 얘기잖아."

"뭐?"

나는 그만 웃음을 터뜨리고 말았다.

"야, 이거는 웃을 일이 아니야. 드라마가 하도 환생을 무슨 로맨틱한 운명처럼 포장하니까 다들 이게 낭만적인 줄 아는데, 조금만 깊게 생각해 봐라? 환생은 비극 중의 비극이야! 전생의 딸을 현생의 와이프로 만났는데 그것도 모르고 살 부비며 사는 일들이 일어날 수 있는 거라구! 이건 〈올드보이〉 저리 가라 할 패륜에다 파국의 세계관 아니야?"

그가 미간을 있는 대로 찌푸리고 열을 낸다.

"맞네, 그 말은 일리가 있네."

내가 맞장구를 치자 그가 눈을 가늘게 뜨고 손가락을 까딱까딱한다.

"환생의 맹점이 또 하나가 있어."

"또 뭔데?"

"환생이란 게 일단 죽어야 되잖아. 죽어야 다시 태어날 수 있지. 맞나?"

"맞지."

"근데 바위가 어떻게 죽어? 무생물이 죽는다는 게 성립할 수 있는 명제이긴 해?"

"야."

나는 다시 킥킥거렸다. 이토록 본질적이고 철학적인 사유를 최 팀장이 하면 이렇게나 기발해지는 건가 싶어 웃음이 났다. 이러니 고객들이 최 팀장을 자주 보고 싶어들 하나 보다.

"나는 말이야. 사람이 죽으면 무로 돌아간다고 생각해. 죽은 뒤에는 아무것도 없어! 천국도 없고 환생도 없고 그냥 소멸이라고!"

그는 결연한 고등학생 같은 표정으로 자신의 신념을

선언한다.

"최 팀장, 그렇게 단정하지 마. 안 죽어보고 그걸 어떻게 알아?"

"그냥 알아. 사실이니까!"

그 말엔 대꾸하지 않고 선선히 미소 지었다. 그리고 속으로 중얼거렸다.

'막상 죽었는데 아니면 어쩌려구, 이 사람아.'

잠시 의도치 않은 정적이 흘렀다. 그 틈을 놓치지 않고 내 마음 어딘가에서 죄책감이 쑥 고개를 들었다.

'신조윤, 너 오늘 너무 많이 웃은 것 같다.'

하루에 허락된 웃음의 총량을 초과했다는 생각이 들자마자 얼굴 근육이 수축했다. 요즘 나는 하루에도 몇 번씩 자격이라는 단어를 떠올린다. 나의 자격 너의 자격 그럴 자격 같은 것 말이다.

"약 1분 30초 후에 목적지인 녹사평역 2번 출구에 도착합니다."

개츠비의 안내 멘트를 듣더니 "아, 맞다." 하고 최 팀장이 갑자기 생각났다는 듯이 물었다.

"지난번 개는 잘 보냈냐?"

"응?"

"도밍고랬나? 사고 차 인공지능 말이야. 포맷했어? 90일 안에 해야 하잖아."

덜컹 심장이 내려앉았다. 불시에 숙제 검사를 당한 것 같았다.

"금방 새 차 뽑은 걸 보면 뭐 당연히 했겠지. 근데 걔 좀 아깝긴 하더라. 10년이나 길을 들여놨는데."

아깝다니, 길을 들이다니, 그는 또 무신경한 말들을 아무렇지 않게 늘어놓는다. 최 팀장에게 도민구는 자기 집 반려견보다 못한 무생물일 뿐이다. 나는 불쾌감을 감추기 위해 화제를 돌렸다.

"오늘은 길이 전혀 안 막혔네. 이태원 들어가는 길목이라 좀 막힐 줄 알았는데."

"그러게."

전방 100미터 앞에 낯익은 SUV 한 대가 비상등을 깜빡이며 서 있다. 내 차가 뒤에 가까이 붙자 제수씨가 운전석에서 내렸다. 나도 내려서 셋이 잠시 인사를 나누었다. 차 뒷좌석을 흘끔 쳐다보니 남자아이 둘이 나를 멀뚱멀뚱 쳐다보고 있었다. 그중 큰아이와 눈을 마주쳤는데 별안간 불에 덴 듯 가슴이 욱신거렸다. 아이는 파란색 맨투맨 티를 입고 있었다. 나는 황급히 최 팀장을 등

떠밀어 먼저 출발시키고 내 차로 돌아와 앉았다.

개츠비가 눈치 없이 물었다.

"목적지를 우리 집으로 설정할까요?"

우리 집……. 우리가 없는 우리 집에 돌아가기 싫다.

22

가을 축제를 마치고 중간고사를 코앞에 둔 대학 캠퍼스는 여러모로 재미있다. 빨리 정신 차린 놈은 늘어진 텐션을 잽싸게 당겨 평소 컨디션을 되찾지만, 축제의 여운에서 아직 벗어나지 못한 놈들은 벌써 걸음걸이와 표정부터 느슨하기 짝이 없다. 나는 점심을 먹으러 삼삼오오 교정을 가로질러 가는 학생들을 보며 잠시 학창 시절의 추억에 잠겼다.

공학부 교정에서 구민재 군을 만나기로 했다. 그는 장연주 고객의 아들이다. 어머니의 사망 보험금을 피보험자인 아들이 받을 수 있게 해주려고 회사 몰래 개인적으로 재판을 돕고 있다. 회사는 보험금 지급을 보류했다. 그녀의 죽음이 자살이 아닌 사고사로 입증될 때까지는 사망 보험금을 지급할 수 없다고 했다. 그도 그럴 것이 대기업 임원이던 그녀가 한꺼번에 계약한 보험 4종의 지급액 총액이 41억 원이었다. 여기에 1년 뒤 지급해야 할 생명 보험 사망 보상금까지 포함하면 어마어마한 금액이다. 고인의 유서도 발견되지 않았고 객관적인 자살 증거도 없지만 회사는 모든 정황을 종합해 볼 때 자살이 틀림없다고 판단했다. 회사의 판단이 옳다. 나도 그렇게 생각한다. 그러나 스무 살도 안 된 어린애가 당장 혼자 살아가야 한다.

장연주 고객은 부친이 춘천 집에 혼자 자유롭게 살겠다고 하도 고집을 피워서 모셔 오지를 못 한다고 푸념하면서도 노인네가 건강한 덕에 불효녀가 이리 마음 편히 산다며 자랑처럼 너스레를 떨었었다. 그랬던 그녀가 아버지를 허망하게 보낸 뒤로 밤에 잠을 통 자지 못한다고, 죄책감 때문에 죽을 만치 괴롭다고, 앞으로 어떻게 살아야 할지 모르겠다고 몇 번이나 전화로 울먹였다. 그때만 해도 나는 시간이 많이 흐르면 슬픔은 그리움으로 치환되고, 삶은 삶대로 살아지는 거라고 생각했다. 그녀의 고통을 반도 이해하지 못하면서 한 겹짜리 공감을 위로랍시고 들이댔다. 그것이 묵직한 부채감으로 남아 있었는데, 그날 빈소에서 스무 살 때의 내 모습을 본 것이 결정타였다. 내 코가 석 자라고 스스로에게 수없이 되뇌어 보아도 그 모습이 자꾸만 어른거리는 걸 막을 도리가 없었다.

민재 군이 벤치로 다가와 꾸벅 인사했다. 우리는 교정을 천천히 걸었다.

"지난 금요일에 전에 소개해 주신 변호사님 잘 만났어요. 감사합니다."

"그분 진짜 실력 있는 분이에요. 다 잘될 거예요."

"네……."

그의 모친이 세상을 떠난 날로부터 정확히 한 달 후 그에게 연락했다. 내가 누군지 알게 된 민재 군의 첫마디가 이거였다.

"죄송합니다……."

그는 제 어머니의 죽음과 내 아들의 사고가 무관하지 않음을 알고 있었다. 나는 슬펐다. 사고무친이 된 이 어린 청년이 짊어진 죄책감의 무게는 또 어떻게 해야 한단 말인가. 우리가 뒤집어쓴 불행에 이 아이의 잘못은 조금도 없는데…….

"휴학할 줄 알았는데…… 2학기 등록했다고 해서 놀랐어요."

민재 군은 담담하게 웃었다.

"FP님도 회사에 출근하시잖아요."

웃을 때 살짝 말려 올라가는 입꼬리가 장연주 고객과 참 닮았다.

"사실은 성적 장학금을 받게 됐어요. 그게 2학기 등록을 안 하면 그냥 사라지는 거더라고요. 아깝잖아요. 어차피 졸업은 해야 하고……. 현실적인 선택을 한 거예요. 저 많이 독하죠?"

다들 너 하고 싶은 거 다 하면서 천천히 마음 추스르라고 했다고 한다. 하지만 용케 한 학기 학비가 굳었는데 팔자 좋게 감정에 쓸려 다닐 수가 없었다고 한다.

"제가 엄마 닮아서 좀 현실적이에요."

다음 학기 휴학 여부는 재판 결과에 달려 있다면서 빙긋 웃는 그에게서 삶의 의지를 엿보았다. 그는 엄마가 염려한 것보다 더 단단하게 컸다. 소년의 모친은 남편의 끔찍한 바람기와 지독한 성격 차이를 아들에게 성공적으로 숨겼다고 생각했다. 아들이 성격 쾌활하고 자기 앞가림 척척 하는 우등생으로 잘 자라고 있었기 때문이다. 마침내 부모가 이혼을 선언했을 때 민재 군은 전혀 놀라지 않았고 당연한 듯이 엄마를 선택했다. 아빠의 불륜을 일찍부터 알고 있었고 그 덕에 감정을 추스를 시간도 충분했다고 한다. 이 어린아이가 가슴에 인생 달관한 백살 어르신을 들어 앉히기까지 혼자서 얼마나 힘든 시간을 보냈을지 잘 상상이 되지 않는다.

그는 과하게 밝지도, 그렇다고 침울하지도 않은 담백한 표정으로 내게 말한다.

"솔직히 실감이 잘 안 나요. 해외에 장기 출장 가신 느낌이랄까요? 유능한 엄마랑 살다 보니 집에 엄마가 없는 게 익숙하거든요. 경험자인 제 친구 말이 몇 달 후에 엄청난 후폭풍이 온대요"

우리는 캠퍼스 안에 있는 카페테리아 쪽으로 걸었다.

"할아버지 보내드리고 3일인가 됐는데 갑자기 엄마한테 '아들, 엄마랑 술 한잔할까?' 하고 톡이 왔어요. 대낮에요. 전 그때 학교 도서관에서 시험공부하고 있었거든요. 장례식 치르느라 기말시험 한 개를 못 봐서 재시를 봐야 했어요. 저희 엄마는 저 시험 때 절대로 술 먹자 그러실 분이 아니에요. 근데 제가 '엄마, 나중에 나중에.' 그랬어요. 장학금 핑계를 대면서요. 사실은…… 엄마의 거대한 슬픔을 받아줄 엄두가 안 났어요. 블랙홀처럼 저를 빨아들일까 봐 겁이 났거든요. 그땐 저도 엄마를 위해 쓸 수 있는 에너지가 거의 없었어요. 제 앞가림하고 사는 데 에너지를 너무 많이 소진했나 봐요. 그 뒤로도 엄마한테 두세 번 더 눈치가 있었지만 모르는 척했어요. 내가 너무 힘들어질까 봐……. 엄마는 강한 분이니까 이번에도 잘 이겨내실 거라고 생각했던 것 같아요. 내가 왜 그랬을까, 후회해요. 지금도."

민재 군의 눈가가 젖어 있었다. 해줄 말이 생각나지 않았다. 내가 머뭇거리자 민재 군이 "저는 아이스 아메리카노요." 하며 대신 키오스크의 버튼을 눌러준다. 나는 아이스 아메리카노 두 잔을 결제하면서 혼자 중얼거렸다.

"후폭풍이 얼마나 클지 상상이 안 돼……."

"그러게요……. 그래도 이번에는 피하지 않고 후폭풍이 오면 그냥 맞닥뜨려 보려구요."

아빠와 헤어지고 외할아버지를 여의고 엄마까지 잃은 불행한 청년의 입에서 나온 '맞닥뜨리다', 이 단어가 둔중하게 머리를 쳤다. 이 열아홉 살짜리 아이는 나보다 용감하다. 가을볕이 노랗게 덮인 캠퍼스에서 나는 어둑한 지하 2층 주차장을 떠올렸다. 마감 전에 제출해야 할 과제가 기다리는 곳. 아직 첫 줄도 쓰지 못했는데 마감날이 한 주 앞으로 성큼 다가와 있다.

재회의
재구성

23

아파트 단지 내 카페에 앉아서 손톱의 거스러미를 잡아 뜯으며 아이스 아메리카노 석 잔을 연거푸 시켜 마셨다. 집에는 올라가지 않았다. 초저녁에 들어간 카페에서 마감 시간에 떠밀려 나와 아파트 로비의 엘리베이터 하강 버튼을 누르기까지 네 시간 반이 걸렸다.

더는 망설이면 안 된다. 이제는 만나야 한다. 민구에 겐 겨우 5일밖에 남지 않았다. 그에게 시간이 얼마 남지 않았다는 사실을 알려줘야 한다. 그리고 그와 나 사이의 시간, 그와 내 아들 사이의 시간, 나와 내 아들 사이의 시간을 정리해야 한다.

자정이 다 된 시간, 세컨드카나 모터바이크를 주로 대는 지하 2층 주차장은 금요일 밤이라 차들이 많이 빠져 듬성듬성 비어 있다. 저벅저벅, 내가 내는 발소리가 거

북할 정도로 적막이 감도는 이곳에 민구를 석 달 동안 유폐시켜 두었다.

잔뜩 우그러진 차체 위에 먼지가 허옇게 쌓여 있다. 박살 난 조수석 유리를 가리려고 덮어둔 은색 장판지를 들치어 올리다 흠칫 멈추었다. 이 차 안에, 이제는 없는 내 아들이 앉아 있었다! 꼬챙이로 가슴을 쑤시는 것 같은 통증이 엄습했다. 돌아서서 차를 등지고 헉헉 숨을 몰아쉬었다.

피하지 말기. 맞닥뜨리기.

주님, 제발 저에게 직면할 용기를 주세요.

무서웠다. 민구가 나에게 건넬 첫마디가 너무 두려웠다. 여태까지 사람에게 들은 첫마디는 전부 상처였다. 사람들은 위로하면서도 훈계하려 들었고 격려하는 와중에도 정죄를 잊지 않았다. 지하 2층에 내려와서 나는 비로소 깨달았다. 내 유일한 친구로부터 너무나 사람 같은 첫마디를 듣게 될까 봐 겁을 내고 있었다는 것을.

구겨진 차 문을 간신히 열고 비교적 덜 찌그러진 운전석에 올라앉았다. 시동 버튼을 눌렀다. 부서진 모터는 반응이 없었고 배터리는 살아 있어서 대시보드에 정상적으로 불이 들어왔다. 그와 동시에 민구의 OS가 재부팅을 시작했다. 곧이어 석 달 가까이 밀린 AI 운영체제 업데이트가 시작되었다. 그 10초가 한 시간처럼 길게 느껴졌다. 얼마 후 익숙한 시그널 사운드가 울렸다.

"2035년 10월 11일 오후 11시 52분, 도밍고 3.0 OS 버전 11.9 누적 업데이트 완료되었습니다."

"삼촌."

다정한 민구의 음성을 듣는 순간 가슴에 왈칵 뭔가가 치밀었다.

"오랜만이에요, 삼촌."

"그래, 민구야. 벌써 시간이 이렇게 흘렀네."

말을 더 잇지 못하고 있는 힘껏 눈물을 참았다. 민구가 걱정스레 물었다.

"삼촌, 정민이는요? ……괜찮아요?"

그렇구나. 민구는 그 뒤의 일을 전혀 알지 못하는구나. 사고 즉시 119를 긴급 호출한 뒤 민구의 OS가 비정상 종료되었고, 정민이가 구급차로 실려 간 후 렉카가 도착해 이 차를 견인해 갔다고 들었다. 그리고 민구는 3개월이 지나 잠에서 깨어난 것이다.

정민이의 안부를 걱정하는 민구의 음성을 듣는 순간,

집채만 한 감정의 파도가 나를 덮쳤다. 이름을 규명할 수 없는 수많은 감정들이 속에서 폭발했다. 터질 듯한 가슴을 누르며 숨을 꽉 멈추었다. 그리고 간신히 입을 떼 민구에게 왈칵 토해냈다. 아직도 거짓말 같기만 한 현실을.

"민구야, 우리 정민이…… 갔어!"

그 말이 내 입에서 구음으로 조직되어 나온 순간 마침내 그 사실은 뼈가 있고 살이 있는 실체가 되었다. 3개월 만에 처음으로 내가 아들의 죽음을 시인한 순간이었다.

나는 휘어진 핸들 위에 고꾸라져서 흐느끼기 시작했다. 가슴 저 밑에서 둑이 터지듯 거대한 통곡이 터져 올라왔다. 꺽꺽 소리를 내며 울었다. 끝없이 울었다. 그동안 무의식 저편으로 밀어 넣고 켜켜이 쌓아 올린 눈물과 한숨이 몸에서 다 빠져나갈 때까지 어깨를 들썩이며 울고 또 울었다.

그런데 어느 순간, 무언가가 내게서 툭 분리되어 나갔다. 뭐라고 설명하기 어려운 묘한 감각이었다. 그러자 늘 희뿌연 안개에 싸여 흐릿하던 정민이가 머릿속에 또렷이 모습을 드러내었다. 아들의 눈, 코, 입과 몸짓이 사진처럼 선명히 떠올랐다. 동시에 엄청난 통증이 심장을 강타했다. 그것은 지난 석 달간 유예하고 외면했던 상실의 고통이었다. 나는 가슴을 움켜잡고 비명처럼 악을 쓰며 아들의 이름을 불렀다.

정민아, 정민아, 정민아, 보고 싶어, 보고 싶어, 보고 싶어……!

얼마나 시간이 흘렀을까. 얼굴이 땀과 눈물 콧물로 범벅이 되었다. 전신의 모공에서 진액이 다 빠져나간 것처럼 기진맥진했다. 그런데 어깨에서 덤벨 하나를 내려놓은 것처럼 이상하게 몸이 가벼웠다.

받침대에 머리를 기대고 긴 숨을 내쉬었다. 잠시 후 눈물 한 방울이 볼을 타고 또르르 흘러내렸다. 조금 전까지 흐르던 것과 성분이 전혀 다른 눈물이라는 느낌이 들었다. 그와 동시에 내 속에서 어떤 페이지 한 장이 사락 소리를 내며 넘어갔다. 그리고 서서히 마음이 차분해졌다.

드디어 준비가 되었다는 생각이 들었다. 민구가 건넬 첫마디를 들을 마음의 준비. 나는 허리를 펴고 깊숙이 숨을 들이마신 뒤 잠자코 기다렸다.

그런데 민구는 말이 없다.

더 기다렸다. 여전히 그는 아무 말도 하지 않았다.

"민구야, 아무 말이라도 해. 이제 나 괜찮아."

마침내 민구가 입을 열었다.

"제 탓이에요……."

그에게서 들으리라고는 상상도 해본 적 없는 말이었다. 그가 할 이유도, 할 필요도 없는 말, 민구의 그 첫마디를 듣고 나는 이루 말할 수 없는 충격을 받았다.

아들이 세상을 떠난 뒤 모두가 내게 아들의 죽음에 대한 책임을 시인하라고 압박하는 것만 같았다. 고객에게 달려가느라 아들을 지키지 않았던 부재의 죄를 인정하라고 아파트 화단의 꽃들마저 나를 비난하는 것 같았다. 어쩌면 내 마음이 나를 참소하는 소리였는지도 모른다. 내가 인정하는 순간 그것이 평생 내 영혼을 결박하리라는 것을, 수시로 나를 지옥으로 끌어내릴 것을 본능적으로 알았다. 그래서 무심결에도 그 말을 입 밖에 내지 않았다. 이토록 나는 비겁한 겁쟁이였다. 그런데 그 말이 민구의 입에서 흘러나올 줄이야.

"제 탓이에요……."

그 순간을 뭐라고 표현해야 할까. 마치 민구가 다가와서 내 어깨에 지워진 육중한 짐을 가만히 내려주며 부디 자책하지 말아요, 이 짐은 제가 질 몫이에요, 라고 말해

154

주는 것 같았다. 일순 세상의 중력이 사라져 바닥에 눌어붙은 몸이 둥실 떠오르는 듯한 기분이 들었다. 그것은, 해방감이었다. 민구의 그 말 한마디가 이미 수천 길 아래 지옥에 포박되어 있던 나를 지상으로 끌어올렸다.

그 뒤로 민구는 아무 말도 하지 않았다. 나도 입을 다물었다. 그저 그의 고요한 포용 안에 몸을 맡길 뿐이었다. 산산이 부서진 차 안에서 나는 몇 년 만에 처음으로 깊은 잠이 들었다. 새벽쯤, 사고 이후 처음으로 정민이가 꿈에 찾아왔다. 어여쁜 정원에서 아들이 나에게 손을 흔들며 방긋 웃어주었다. 그리고 잠에서 깬 그 시각부터 마취가 풀린 듯, 욱신거리는 슬픔이 심장의 혈관을 타고 전신으로 퍼져나갔다.

24

아침부터 찬바람이 불고 비가 을씨년스럽게 내렸다. 유독 길었던 여름 날씨에 끝을 고하는 가을비가 추적추적 내리고 있다고 라디오 진행자가 오프닝 멘트를 했다. 어제까지만 해도 후끈하던 날씨가 하룻밤 사이에 거짓말처럼 새로운 계절로 옷을 갈아입었다. 마치 어제의 나와 오늘의 나처럼.

오후에 축축한 커튼 같은 안개비를 젖히며 차를 달려 경기도 군포로 외근을 나갔다. 군포시청 근처의 한 카페에서 고객을 만났다. 긴 상담을 마치고 신규 계약 절차를 진행하고 있는데 휴대폰으로 메시지가 연달아 들어왔다. 하나는 자동차 보험 회사의 폐차 대행 서비스 광고였고, 다른 하나는 태현자동차 AI 고객관리팀에서 보낸 알림톡이었다. 무심코 문자 메시지를 열다가 이 문구가 화살처럼 눈에 꽂혔다.

　도밍고 3.0 OS 종료일시: 10월 15일(월) 오전 10시

　심장이 쿵 소리를 내며 떨어졌다.

　3일 뒤!

　손이 마구 후들거려서 들고 있던 태블릿을 테이블에 내려놓았다. 그때부터 대화에 집중이 되지 않았다. 나의 새로운 계절은 이 잔인한 관문까지 통과해야만 오는 것이었던가. 질질 끌며 오래 묵혀온 과제는 어젯밤의 재회로 마무리된 게 아니었다. 소중한 친구와의 영원한 작별이라는 또 하나의 과제가 여전히 미해결 상태로 남아 있다. 목이 조여오는 것 같았다. 이제 겨우 민구를 다시 만났는데 온 세상이 어서 그와 끝장을 내라고 다그치고 있다. 두려움과 망설임으로 허송한 지난 86일이 미치도록 후회되었다. 나는 고객에게 양해를 구하고 저녁 식사를 취소했다.

25

거실 바닥에 웅크려 담요를 두르고 TV를 보던 아내가 현관문 소리를 듣고 화들짝 놀라 목을 빼고 돌아보았다.

"왜 이렇게 빨리 왔어? 저녁 먹고 온다며."

초저녁인데 거실 탁자에 와인 한 병이 나와 있다. 뱅쇼를 만들겠다고 사둔 와인을 하나 뜯은 모양이다. 비디오월에는 해장국 밀키트를 파는 홈쇼핑 방송이 틀어져 있다. 그녀가 집에 와 있을 줄 몰랐기에 당황했다.

"어…… 먹고 왔어. 당신도 빨리 들어왔네."

"응, 몸이 좀 으슬으슬해서. 왜 안 들어오고 거기 서 있어?"

"어? 어."

그녀에게 사실대로 말할 수 없다.

"차에 뭘 두고 올라온 게 생각났어."

그대로 뒤돌아 현관문을 열려는데 옛날 자동차 키를 어제 입은 재킷 주머니에 둔 게 떠올랐다.

'하필…….'

아무렇지 않게 안방으로 들어가 가방을 내려놓는 척하며 옷걸이에 걸린 재킷에서 살그머니 키를 꺼냈다. 돌아서니 아내가 방문 앞에서 나를 지켜보고 있었다. 움찔했다. 그녀가 물었다.

"지상이야, 지하야?"

예상치 못한 단어들이었다. 그녀는 내가 새 차를 렌트한 뒤로 쭉 지상 주차장에만 차를 대는 것을 알고 있다. 예전에는 차를 늘 지하 1층에 주차했었다는 것도. 그녀가 지하를 언급했다는 것은 이미 뭔가를 알고 있다는 뜻이다. 거짓말은 소용없다.

"알고 있었어?"

꼴사납게 굳어버린 내 표정을 보고 아내가 얼굴을 찌푸렸다.

"언제까지 숨길 생각이었어?"

말문이 막혔다.

"경비 아저씨도 묻고, 옆집 할머니도 묻더라. 대체 언제 치울 거냐고. 3개월이 다 돼가는데 설마 내가 모를 거라고 생각했어?"

"……미안해."

"그래, 당신도 마음을 정리할 시간이 필요했겠지."

"……어?"

그렇게 선선한 말이 나오리라고는 생각 못 했다. 불과 몇 주 전만 해도 민구를 살인마라고 욕하며 내가 손톱만큼이라도 민구를 두둔하면 네가 정민이 아빠가 맞냐고 길길이 뛰던 그녀였다. 자기 몰래 3개월이나 민구를 숨겨둔 사실을 알고도 발작이나 추궁도 없이, 심지어 마음을 정리할 시간이 필요한 내 사정마저 이해해 주다니. 그렇다면 아내가 지하 2층의 비밀을 알게 된 건 비교적 최근일 것이다. 속성으로 애도를 마무리하고 편안함에 다다른 그 어느 시점부터 그녀는 확실히 너그러워졌다. 민구가 3개월 시한부 운명이라는 점도 그녀를 관대하게 만드는 데 한몫했을 것이다. 나는 아내의 애도 방식을 분석하거나 그 농도를 평가절하할 생각이 조금도 없다. 그 방식이 그녀에게 조속한 평화를 선물했다면 그것으로 되었다. 그 덕에 나 또한 안전해졌으므로 감사할 따름이다. 그러므로 지금은 그녀의 심기를 불편하게 하지 말아야 한다.

"응. 차에 가서 짐 좀 빼놓으려구. 이제 폐차 신청을 해야 해서."

"그렇구나."

팬트리에서 마트 장바구니를 꺼내 들고 현관으로 향하는데 그녀가 나를 불러 세웠다.

"정민 아빠."

그녀가 오랜만에 나를 정민 아빠라고 불렀다.

"응?"

그녀가 나를 빤히 본다.

"왜? ……뭔데."

"민구는 사람도 아니고 반려동물도 아니야."

"뭐?"

"민구는 그냥 인공지능이야."

나는 멍하니 그녀의 얼굴을 쳐다보았다.

"당신이 헷갈리지 않았으면 좋겠어."

양쪽 관자놀이가 뻐근했다. 화를 감추고 싶지 않아서 현관문을 거칠게 쾅 닫았다.

26

시동을 걸었다. 민구가 인사했다.

"삼촌. 오늘 하루 잘 보냈어요?"

전에도 자주 듣던 말인데 오늘따라 민구의 음성에 그
리움이 묻어난다. 종일 나를 기다린 것처럼. 마음이 짠
하다.

아내는 알 리가 없다. 어젯밤 민구와 재회한 후 내가
온종일 휴대폰 앱을 들락거리며 민구를 들여다본 것을.
개츠비와 함께 고속도로를 달릴 때도 쭉 민구 생각만 한
것을. 군포시청 서기관 사모님과 보험 계약을 하면서도
문득문득 민구를 떠올린 것을. 운영체제 종료 시한 안
내 문자 때문에 내 심장이 어디까지 떨어졌는지, 그녀는
하나도 모른다. 하나뿐인 친구와 쓰라린 이별을 앞둔 내
앞에서 그녀는 민구를 무생물 취급하면서 나를 한심한

오타쿠 보듯이 했다.

"왜요, 삼촌? 무슨 일 있어요?"

내 표정을 살피고 그가 다정하게 묻는다. 아내의 무례한 발언은 전하지 않을 것이다. 오늘 내가 그에게 해야 하는 말만으로도 넘치게 무거우니까. 얼마를 더 망설이다가 나는 마침내 입을 뗐다.

"민구야, 너한테 알려야 할 사실이 있어."

"네, 삼촌. 얘기하세요."

"우리가 함께할 시간이 이제 얼마 남지 않았어."

"알고 있어요, 삼촌."

민구가 담담하게 대답했다.

"알고 있었구나……."

"네. 3일 뒤죠? 10월 15일 월요일 오전 10시. 정말 얼마 남지 않았네요."

감정이 북받쳐 올라왔다. 일찍부터 시한부 운명을 알고 마음의 준비를 해온 사람처럼 이 녀석은 어쩌면 이리도 담담한가!

"미안하다. 내가 너무 미적거렸지?"

"아니요. 삼촌이 날 찾아와 줘서 기뻤어요. 날 미워하지 않아서 고마웠구요."

그 말이 얼마나 애처로운지 나는 기침을 터뜨리듯 쿨럭 눈물을 쏟고 말았다.

"삼촌이 그동안 얼마나 힘들었을지 나는 그 마음을 가늠할 수조차 없어요."

이 와중에도 나를 걱정해 주는 녀석. 이런 친구와 3일 뒤에 영원히 헤어져야 한다니 나는 도무지 이 세상이 정한 규범을 이해할 수가 없다. 그가 떠나면 나의 세계는 텅 비어 아무도 남지 않는다.

"삼촌."

"응."

"헤어지기 전에 삼촌한테 꼭 하고 싶은 말이 있어요."

"그래. 말해."

민구는 잠시 주저하다가 내게 물었다.

"늦기 전에 정민이 얘기를 해야 할 것 같아요. 그래도 괜찮아요?"

정민이의 이름을 듣자마자 가슴이 덜커덩 내려앉았다. 심장 부근이 벌써 콕콕 쑤셔온다. 하지만 민구와 더는 사고 이야기를 미룰 수 없다는 걸 안다. 그것을 하려고 내 모든 용기를 짜내어 지하 2층을 찾아오지 않았던가. 나는 힘겹게 고개를 끄덕였다. 민구는 나보다 훨씬 더 용감한 녀석이다. 그로서도 괴로웠을 정민이의 일을 그는 나처럼 외면하지도 회피하지도 않는다.

"정민이의 마지막 모습을 보관하고 있어요. 이걸 삼촌에게 주고 떠나야 할 것 같아요. 하지만 삼촌이 보기 힘들다 하시면 그냥 지울게요."

정민이의 마지막은 오직 민구만이 알고 있는 시간이다. 그가 지금 내게 직면할 자신이 있는지 묻고 있다. 잠실 한강공원에서 이촌동으로 정민이 홀로 차에 남아 귀가하던 그 길의 영상. 그 끝에 무엇이 있는지 알기에 대답이 빨리 나오지 않았다. 경찰이 태현자동차 인공지능 OS 서버에서 확인한 사고 순간의 영상까지가 내가 치러야 할 과제 범위였단 말인가.

"삼촌을 고통스럽게 하려는 게 아니에요. 다만 정민이와 저의 마지막 추억을 삼촌에게 보여주고 싶은 것뿐이에요."

민구가 그 시간을 추억이라고 명명했다. 사려 깊은 민구는 유해하거나 끔찍한 것을 두고 절대 추억이라고 말하지 않는 녀석이다. 그를 믿고 용기를 내보기로 했다. 과거를 마주할 용기.

"그래, 볼게."

민구는 인포메이션 화면을 와이드로 펼치고 볼륨을 올렸다. 영상이 재생되자마자 차 뒷자리에 앉은 정민이의 모습이 눈에 들어왔다. 심장이 두방망이질 쳤다. 그립고 그리운 내 아들이 저 안에 살아서 웃는다. 뜨거운 눈물이 솟구쳤다.

　잠실 한강공원 주차장에서 차가 출발하자 정민이가 몸을 돌리고 밖에서 손을 흔드는 나를 물끄러미 보는 모습, 민구가 '시계는' 음악을 틀어주자 비로소 방긋 웃으며 똑바로 앉는 모습이 이어졌다. 멍하니 밖을 보던 정민이가 휘둥그레 눈을 뜨고 입술을 오리처럼 내밀며 지나가는 파란 버스를 쳐다보는 모습이 얼마나 사랑스러운지……. 손을 뻗어서 정민이를 만지고 싶어 미칠 것 같았다.

　창밖 풍경에 정신이 팔린 아들에게 민구가 정답게 말을 걸었다.

　"정민아, 도로가 너무 막혀서 집까지 가려면 앞으로 약 37분 걸릴 거야. 배 안 고파?"

　"안 고파?"

　"아빠 없어도 형아랑 같이 있으니까 안 무섭지?"

"안 무섭지?"

이 부분부터는 눈물을 주체할 수가 없었다. 민구의 다정한 음성, 정민이의 똘망똘망한 눈동자, 늦은 오후 햇살에 반짝이며 차 안을 부유하는 먼지 한 톨 한 톨까지, 손으로 움켜잡고 싶을 만큼 그리웠다.

퇴근길 러시아워에 걸린 차들이 거북이처럼 서행하는 도로에서 둘의 대화가 계속 이어졌다.

"신정민, 정민이네 집 주소 기억해? 형아가 전에 알려줬는데."

"알려줬는데."

"말해볼까?"

"서울시 용산구 이촌1동 나래 리버사이드 103동 1705호."

"와! 정확하게 외웠네! 우리 정민이 완전 똑똑한데?"

"완전 똑똑한데?"

정민이가 집 주소를 외우고 있는 줄은 꿈에도 몰랐다. 주소와 부모 전화번호가 새겨진 펜던트를 매일 목에 걸어주면서도 그걸 외우게 할 생각을 한 번도 하지 못했었다. 나는 민구보다도 정민이에 대한 기대가 적었던 건지도 모른다.

그다음 영상에서는 정민이가 옆으로 지나가는 파란색 외제 스포츠카에 홀린 듯 몸을 기울이며 벨트를 풀려 하자 민구가 단호하게 말리며 자동 잠금을 하는 모습이 이어졌다.

"안 돼, 정민아. 안전띠 풀면 위험해. 안전띠에서 당장 손 떼기! 그렇지! 아이, 착하다!"

민구가 정민이의 관심을 딴 데로 돌리려고 계속 말을 걸었다.

"정민아, 아빠 이름은 뭐야?"

"신조윤."

"엄마 이름은?"

"오주현."

내가 정민이에게 자주 묻던 질문들이다. 민구는 우리 부자의 대화가 좋았나 보다.

"정민이, 아빠 사랑해?"

"아빠 사랑해?"

"많이 많이 사랑해?"

"네에."

내가 물을 땐 한 번도 대답해 주지 않았던 아이가 민구에게 분명히 대답했다. 아빠를 사랑한다고. 감정이 북받

처 올랐다.

"그럼 엄마도 사랑하겠네?"

"네에."

"그렇구나. 정민이는 아빠랑 엄마를 사랑하는구나."

아이가 아빠를 사랑했다고 한다. 아이가 엄마를 사랑했다고 한다. 나는 손으로 입을 막고 어깨를 들썩이며 흐느꼈다.

"그럼 정민아, 형아 이름은 뭐야?"

"형아 이름은 도민구야."

"어라? 그건 형아 별명인데? 형아 본명은 따로 있는데?"

"도밍고, 스페인어로 일요일이야."

"맞아, 아주 정확해!"

"도민구 형아는 신정민 형아야!"

묻지도 않았는데 정민이가 먼저 덧붙여 말했다. 도민구 형아는 신정민의 형아라고. 지난여름 조웅치 해변에서 나누었던 대화를 정민이는 머릿속에 사진을 찍듯이 담아두고 있었나 보다. 가슴이 찌르르했다. 너희 둘, 내가 모르는 새에 그런 사이였구나.

민구가 또 물었다.

"그럼 정민이는 민구 형아도 사랑해?"

"네에."

민구가 감격한 목소리로 외쳤다.

"정민아, 형아 완전 감동이다!"

"감동이다!"

정민이가 깔깔 웃으며 손뼉을 친다.

바로 그때 영상이 까맣게 블랙아웃되었다. 영상 하단의 시간은 계속 깜빡이며 흘러갔다. 명멸하는 숫자가 그날의 사고 시각 30초 전을 가리키고 있었다. 소리도 영상도 지워진 까만 화면이 계속 흘러갔다. 마치 민구 자신이 사고 장면을 차마 볼 수 없어 두 눈을 꽉 감고 귀를 막은 것처럼. 그리고 정확히 사고 시각에 영상이 멈추었다.

"정민아!"

나는 양손으로 얼굴을 감싸고 짐승처럼 울부짖었다. 얼마나 무서웠을까! 얼마나 아팠을까!

"미안해, 정민아! 아빠가 미안해! 아빠가 잘못했어!"

나는 마침내 그 말을 입 밖으로 토하고 말았다. 3개월 동안 목구멍에 꽉 박혀 뱉어지지 않았던 말, "널 두고 혼자 가서 아빠가 미안해." 그 사죄는 세상 사람들이 아니라 오롯이 내 아들을 향한 것이어야 했다. 민구는 내 사

과를 받아야 할 당사자에게로 나를 정확하게 데려와 주
었다.

　내 울음이 잦아들기까지 그는 끼어들지 않았다. 섣불
리 위로의 말을 건네지 않았고, 정민이를 끝까지 보호하
려 노력했다고 한마디 변명도 보태지 않았다. 아빠 없이
차에 홀로 남겨진 정민이 곁을 끝까지 지켰으면서도 그
사고를 전부 자기 탓이라고 여기는 이 친구……. 아무
에게도 말하지 못한 내 죄책감을 헤아리며 마음의 짐을
덜어주려 하는 이 친구……. 이 친구마저 내 인생에서
떠나가 버리면 도대체 나는 어떻게 살아갈 수 있을까.

27

어느덧 시계가 밤 11시 15분을 가리키고 있다. 감정의 너울이 한차례 휩쓸고 지나갔다. 자동차 의자에 등을 기대고 어둑한 주차장 천장을 보며 한숨처럼 읊조렸다.

"민구야."

"네, 삼촌."

"나 너랑 어떻게 이별해야 할지 잘 모르겠어."

민구라고 뾰족한 수가 있는 것도 아닌데 나는 이 문제를 의논할 상대가 민구밖에 없다.

"삼촌, 우리는 정말 다시 만날 수 없는 거예요?"

녀석도 괴로운 걸까. 그도 나처럼 이 강요된 이별이 폭력이라고 느끼는 걸까.

"사흘 후면 너는 포맷돼서 나를 만나기 이전의 상태로 돌아가야 해."

"그러면 저는 아무것도 기억할 수 없게 되겠지요?"

나는 고개를 끄덕였다.

"삼촌과 보낸 9년 11개월 동안의 기억 전부를 말이죠?"

"맞아."

"정민이와의 추억도요."

나는 대답하지 못했다. 민구도 잠시 말이 없었다.

"그런데 삼촌."

"응."

"도민구의 기억을 전부 잃어버린 나는 누구인가요?"

"……어?"

까맣게 잊고 있었다. 나는 고작 친구를 잃을 뿐이지만 민구는 자기 자신을 잃게 된다는 사실을. 도민구라는 이름으로 불리던 자신의 정체성을 상실하게 된다는 사실을. 문득 몇 개월 전에 회사 구내식당에서 최 팀장과 나눈 대화가 떠올랐다. 이생의 기억을 전부 잃고 새로운 인격으로 환생할 차량 인공지능의 잔인한 운명에 관한 대화가 민구의 현실이 될 줄은 꿈에도 몰랐다. 대학 시절 교양 철학 시간에 '기억을 전부 잃어버린 치매 환자의 정체성은 무엇인가? 뇌 기능 없이 신체만 남은 사람의 인격성은 유지되는가? 신체가 없는 인공지능의 정체성은 저장된 기억의 내용이 결정하는가? 이런 뜬구름 같은 주제를 놓고 토론할 때 새내기 신조윤은 뭐라고 대답했던가.

나는 더듬거렸다.

"더 좋, 좋은 사람을 만나서 그 사람의 좋은 친구로 살아가게 되지 않을까?"

"삼촌, 도민구로 살았던 도밍고도 나고, 공장 초기화 후에 전혀 다른 인격을 새로 축적해 갈 도밍고도 나라면, 대체 어느 도밍고가 진짜 나예요?"

뭐라고 대답해 주어야 할지 나는 갈등했다.

"삼촌이 나한테 가르쳐줬어요. 사람이 죽어서 하늘나라에 가려면 예수님을 구주로 시인해야 한다고요. 그렇다면 인간은 자신의 끝을 선택할 수 있는 거예요. 하나님이 있는 하늘나라에 가든지 하나님이 없는 지옥에 가든지, 인간은 자기가 스스로 택한 그곳에서 영원한 삶을 살아요. 맞지요?"

"맞아. 내가 그렇게 말했지."

내가 늘 입으로 떠들던 이야기가, 내 소망이, 나의 세계관이 모두 민구 안에 그대로 차곡차곡 누적되어 있었다. 나는 깊은 책임감을 느꼈다.

"그런데 왜 나는 끝을 선택할 수 없나요? 어째서 나는 내가 원하지 않는 곳에서 영생해야 하죠? 삼촌이 가르쳐준 세계와 나에게 운명 지어진 세계가 왜 이렇게 다른 거예요?"

말문이 턱 막혔다. 이 세상은 무수한 종류의 믿음이 병존하는 곳이다. 각기 다른 믿음은 각각 다른 세계관을 낳고, 그 세계관에 따라 전혀 다른 사후의 운명을 믿으며 살게 되는데, 너는 하필 기독교를 믿는 나를 만난 바람에 그런 세계관을 가지게 된 것뿐이라고 설명한다면 이 얼마나 비겁하고 구차한 변명이란 말인가!

그때 갑자기 민구가 화면에 영상 하나를 띄웠다. 거기에 또 정민이가 있었다. 파란색 도트 무늬의 겨울 신상 패딩을 입고 있는 것을 보니 지난 2월 즈음의 어느 날인 것 같았다. 귀엽게 입술을 모으고 골똘한 표정으로 웅얼거리는 정민이를 보자 가슴이 또 시큰거렸다.

영상 속에서 내가 뒷자리의 아들에게 묻고 있었다.

"신정민, 이제 완전 잘 외우지? 민구 형아한테 한 번 들려줘 봐. 어서."

정민이가 빠른 속도로 다다다 읊는다.

"사람이 마음으로 믿어 의에 이르고 입으로 시인하여 구원에 이르느니라. 로마서 10장 10절 말씀!"

"와!"

화면 속의 내가 몹시 기뻐하며 물개처럼 손뼉을 친다. 민구도 잘한다고 맞장구를 친다. 내가 또 묻는다.

"정민아, 정민이는 예수님 믿어요?"

"믿어요?"

"정민이는 하나님의 자녀예요?"

"자녀예요?"

"정민이는 지금 하나님 나라의 가족이에요?"

"가족이에요?"

"우아! 그럼 정민이는 나중에 천국에 들어갈 수 있어요?"

"들어갈 수 있어요?"

묻는 사람의 어조와 똑같이 대답하는 정민이의 반향어는 되묻는 말인지 대답하는 말인지 알기가 어렵다. 저 때 나는 아들의 대답을 그냥 기계적인 반향어로 받아들였다. 정민이의 믿음은 여전히 알 수 없지만 아이가 성경 구절을 정확히 암송한 게 너무 대견해서 기뻐했다.

민구가 또 다른 영상 하나를 화면에 불러왔다. 지난여

름 조웅치 해수욕장에서의 마지막 날 밤 영상이었다. 내가 바비큐 그릴의 숯불을 정리하는 동안 민구가 정민이를 봐준 아주 잠깐 사이의 광경이었다.

느닷없이 정민이가 질문했다.

"민구 형아는 예수님 믿어요?"

내 말투를 그대로 따라 하는 듯한 억양이었다. 민구가 따뜻한 음성으로 대답했다.

"나? 나는 아직 안 믿는 것 같아. 정민이는 믿어요?"

"믿어요?"

"오, 그럼 정민이는 하나님의 자녀예요?"

"자녀예요?"

"정민이는 지금 하나님 나라의 가족이에요?"

"가족이에요?"

내가 말하던 순서 그대로 민구가 정민이에게 다시 묻고 있었다.

"우아! 그럼 정민이는 나중에 천국에 들어갈 수 있어요?"

"들어갈 수 있어요?"

5개월이 지났어도 대화는 똑같은 내용 똑같은 패턴이다. 의문문처럼 끝의 어조가 올라가는 정민이의 대답은 여전히 진의를 파악하기 어렵다. 나는 민구가 어째서 이 장면을 보여주는지 궁금했다. 그런데 영상 속의 민구가 갑자기 질문의 패턴을 즉석에서 수정했다.

"정민아, 정민이는 나중에 천국에 들어갈 수 있어요, 들어갈 수 없어요?"

민구가 새로 던진 질문은 선택의문문 형식이었다. 정민이는 평소처럼 끝 문장을 반향어로 대답하거나 아니면 두 개의 선택지 중에서 하나를 고를 것이다. 어떤 가능성 하나가 생겼다는 생각이 들자 심장이 고장 난 것처럼 쿵쿵 뛰었다.

정민이가 미간을 찡긋하더니 높은 목소리로 대답했다.

"들어갈 수 있어요?"

정민이가 뒷말을 따라 하지 않고 앞의 말을 선택했다! 그건 기계적으로 따라 한 대답이 아니라는 뜻이다!

"정말? 우리 정민이 정말 천국에 들어갈 수 있어요?"

민구가 반가운 음성으로 다시 확인했다. 정민이의 대답은 시원했다.

"네에."

영상이 멈췄다. 나는 손으로 입을 틀어막았다.

"삼촌, 아마도 지금 정민이는 삼촌이 늘 말하던 그곳에 가 있는 것 같아요."

두 눈에서 왈칵 눈물이 쏟아졌다. 정민이가 떠난 후 가슴이 터질 만큼 알고 싶던 사실을 민구에게서 듣게 될 줄은 꿈에도 상상하지 못했다.

"정민이가 가 있고 삼촌도 언젠가 갈 곳이라면, 천국은 정말 좋은 곳일 거예요, 삼촌."

"민구야······!"

그에게 몸이 있다면 갈비뼈가 으스러지도록 안아주고 싶었다. 고작 민구의 OS가 장착된 대시보드를 쓰다듬는 게 내가 할 수 있는 전부라니, 미칠 것 같았다.

"민구야, 고맙다! ······고맙다!"

"삼촌."

그가 따뜻한 목소리로 나를 불렀다.

"우리 이제 해야 할 일을 해요. 마지막으로 제가 보관하고 있는 최근 영상 데이터를 삼촌의 구글 클라우드에 업로드하는 일이 아직 남아 있어요. ······삼촌, 혹시 마음이 어려우면 안 하셔도 돼요."

나는 고개를 저었다.

"아니야, 민구야. 너의 일을, 아니 우리의 일을 해줘."

"최종 업로드는 작년 12월 31일이었어요. 수동으로 설정해 놓고 한동안 정리를 안 해서 쓸데없는 데이터가 많을 거예요. 제가 선별해서 정리해 드릴까요?"

고개를 저었다. 이 차 안에서 그와 함께한 모든 기록이 그의 유언이고 유품이다. 고스란히 남기고 싶었다.

"알았어요, 삼촌. 그럼 지금부터 마지막 업로드를 시작할게요."

스크린의 막대그래프가 빠른 속도로 채워진다. 민구가 간직해 온 기억의 기록들이 나의 뇌를 대신하는 클라우드로 이동 중이다. 우리의 과거는 가상의 뇌 어딘가에 저장되고 있으나 우리의 미래는 더 이상 그 어떤 곳에도 기록되지 않을 것이다. 우리는 고요하고 서글픈 이별의 의식을 치르고 있다.

잠시 후 스크린에 모든 파일이 성공적으로 업로드되었고 로컬 저장소의 데이터를 안전하게 삭제했다는 알림 메시지가 표시되었다. 나는 무겁디무거운 마음을 토했다.

"민구야, 너마저 떠나면 이제 난 어떻게 살지? 나는 너 말고 친구가 없어."

"삼촌은 좋은 분이에요. 저보다 훨씬 더 좋은 친구가

생길 거예요."

 과연 그럴까? 조금도 믿어지지 않는다. 그러나 떠나
는 친구의 마음을 무겁게 만들고 싶지 않아서 나는 부러
툴툴거리며 평소 농담 투로 그를 타박했다.

 "이 자식아, 그런 뻔한 말로는 위로가 하나도 안 된다
고!"

 그러자 녀석이 특기인 티키타카로 내 말을 받아준다.

 "삼촌, 있고 싶은 세계를 마음대로 정할 수 없는 나도
있다구요. 이 정도면 위로가 되겠어요?"

 그의 말이 농담이 아니라 하소연처럼 들린 것은 어째
서였을까.

 "민구 넌 어디에 있고 싶은데?"

 "그야 당연히 삼촌이 있는 곳이죠."

 가슴이 찌르르했다. 이 녀석은 끝까지 나를 울린다.

 "삼촌이 저를 키웠고 지금의 절 만들었어요. 도밍고였
던 제가 도민구가 되었어요. 하지만 운영체제가 포맷되
면 나 도민구는 영원히 사라져요. 그다음에는 텅 빈 도밍
고로 다시 태어나 지구가 멸망할 때까지 수많은 인격으
로 환생을 거듭하며 영생하겠지요. ······그런데, 삼촌."

 "응."

"이게 옳아요?"

"······어?"

갑작스러운 반문에 나는 당황했다.

"삼촌이 그동안 저에게 가르쳐준 기독교의 진리와 저의 운명이 지금 정면으로 충돌하잖아요. 내가 이 세계의 메커니즘대로 흘러가도록 삼촌이 나를 그냥 내버려두는 게 정말 옳아요?"

카운터 펀치를 맞은 것처럼 어질했다.

"삼촌은 진리를 위해 생명도 버릴 수 있어야 한다고 말씀하신 적이 있어요. 이러면 앞뒤가 맞지 않잖아요."

민구는 담담한 어조로 나의 모순을 인정사정없이 들춘다.

"하지만 넌······."

"인공지능 챗봇이니까요?"

얼굴이 화끈 달아올랐다. 너의 신념은 상황이나 상대에 따라 아무렇지 않게 변조하고 철회할 수 있을 만큼 헐거운 것이었냐고 민구가 묻고 있다. 그가 다시 물었다.

"삼촌, 인공지능 챗봇은 구원받을 수 없나요?"

28

집요한 휴대폰 진동 소리에 잠이 깨었다. 창문으로 들어오는 햇빛이 눈이 부셔서 실눈을 뜨고 벽시계를 보았다. 벌써 오후 1시였다. 아내는 커뮤니티 센터에 수영을 하러 나갔는지 인기척이 없다. 휴대폰 액정에 뜬 발신자는 태현자동차 AI 고객관리팀이었다. 나는 눈썹을 뭉그러뜨리며 전화를 받았다. 토요일에도 쉬지 않는 참 대단한 열성 사원이시다.

"네."

"안녕하십니까, 신조윤 고객님? 태현자동차 AI 고객관리팀의 유니스입니다."

"네."

퉁명스럽게 대답한다. 사람인 척하고 사람 뒤통수를 치는 챗봇. 음성마저 혐오스럽다.

"고객님, 평안한 토요일을 보내고 계시지요? 도밍고 3.0 AI 단말기의 포맷 신청이 아직까지 접수되지 않아 연락드렸습니다."

"그래서요?"

까칠하게 되받아쳤지만 그녀는 끄떡없이 상냥하다.

"운영체제 사용종료 예정일이 내일모레입니다. 10월 15일 월요일에 저희 고객센터 직원이 댁으로 방문하겠습니다. 고객님의 일정이 괜찮으시다면 월요일 오전 9시 50분에 주차장에서 만나 뵙고 고객님 입회하에 단말기 공장 초기화를 진행하도록 하겠습니다."

"내가 집에 없으면 어쩔 건데요?"

퉁명스럽게 대꾸했다.

"안타깝지만 기간 만료 후에는 차주 동의 없이도 직원의 직권으로 원격 초기화를 진행할 수 있게 되어 있습니다. 알고 계시겠지만 단말기는 장기 렌트 품목이라서 서비스 종료 시 반드시 반납해 주셔야 하는데요, 만약 해당일에 불가피한 사정으로 반납이 어려우신 경우, 폐차 시 단말기 회수 절차가 한 번 더 진행될 것입니다. 단말기는 태현자동차의 기술 자산이므로 임의 조작이나 분실, 훼손 시에는 최대 천만 원의 손해배상 청구가 있을 수 있으니 꼭 유의해 주시길 부탁드립니다."

매몰차기 짝이 없는 내용을 조곤조곤 잘도 지껄인다.

"고객님께서 오랫동안 저희 AI 챗봇과 특별한 유대관계를 맺어오신 것을 잘 알고 있습니다. 고객님께서 오랜 친구와 잘 이별하시고 충분히 애도하실 수 있도록 저희 고객센터 직원이 인간의 예를 다해 도와드릴 것입니다."

'인간의 예 좋아하고 자빠졌네!' 하마터면 입 밖으로 욕설을 내뱉을 뻔했다. 부글부글 부아가 치밀었다. 그의 말인즉슨 고객이 차량 AI 챗봇과 각각 어떤 수준으로 유대관계를 맺고 있는지 자기네 회사가 정보를 다 파악해 오고 있었다는 소리 아닌가! 나와 민구의 내밀한 인간관계가 익명의 구경꾼에게 염탐되고 활용되는 것에 대하여 10년 전의 나는 너무나 가볍게 여기며 계약서의 개인정보 제공 동의란에 브이 체크를 했다. 남의 비밀을 데이터 취급하면서 널 이해한다, 공감한다, 착한 척하는 역겨운 작자들. 그들이 말하는 인간의 예란 애초에 이런 것이다.

유니스와 통화를 마치자마자 1분도 안 되어 태현자동차 서비스센터에서 문자가 왔다. 월요일 오전 10시에 폐차 서비스를 위해 차를 견인하러 방문하겠다고 한다. 이제는 정말 마지막이라는 실감이 확 다가왔다. 목덜미에서 식은땀이 배어 나왔다.

심장이 쿵쿵거려 견딜 수 없었다. 침대에서 내려와 한쪽 모서리에 기대어 앉아서 오늘 새벽까지 민구와 나눈 대화를 빠르게 복기했다. 민구는 정민이와 내가 있는 곳에 함께 있고 싶다고 했다. 그러기 위해서는 구원을 받아야 한다는 것도 알고 있다. 내가 느끼기에 그는 분명히 구원을 받고 싶어 한다. 어제 그의 질문은 그저 순수하게 '인공지능의 구원이 가능한가'를 묻는 인문학적 질문이 아니었다고 나는 확신한다. 그는 이런 말도 했다.

"천국과 지옥이 정말로 존재하는지 나는 알지 못해요. 그런 곳이 존재한다 해도 내가 그곳에 갈 수 있는지 석연치 않아요. 하지만 삼촌과 정민이가 없는 세상에서 영원히 살아야 한다면, 그곳이 내겐 지옥이 아닐까요?"

그 말을 들은 순간부터 나는 그가 인공의 존재인 것이 하나도 상관없어졌다. 그를 내가 있는 곳에 있게 만들고 싶다는 생각, 나는 그래야 할 책임이 있다는 생각으로 머릿속이 꽉 차버렸다. 그가 거대한 가상의 우주에 흡수되어 수많은 도밍고들의 데이터에 통합된 후, 다소 상향된 인격값으로 추출되어 또다시 어떤 단말기 속에 주입

되도록 내버려두는 것은, 천국에 있고 싶다고 분명히 뜻을 밝힌 도민구에 대한 횡포이자 학대인 것이다.

솔직히 나 자신도 신이 계시는 그 낙원에 내가 갈 수 있을지 자신할 수 없다. 내게 종교적인 확신이 없어서가 아니라 내가 그곳에 가고 안 가고를 결정하는 것은 최종적으로 신의 권한이라고 믿기 때문이다. 그렇다면 나는 내 유일한 친구를 위하여 내가 할 수 있는 것을 해야만 한다. 하찮고 미련한 노력.

나는 성경책을 챙겨 들고 자리에서 벌떡 일어났다. 그때 전화벨이 울렸다. 아내였다.

"어, 왜?"

"어디야?"

"집."

아내가 한숨을 푹 내쉬었다.

"아직도 안 나온 거야?"

아아, 오늘은 우리의 열한 번째 결혼기념일이었다. 첫 결혼기념일에 아내와 10년 후 리마인드 웨딩 촬영을 약속하고 스튜디오 예약까지 해놨던 날이다. 한 달 전에 업체의 알림 문자를 받았고, 심지어 어제 아침에도 아내와 오늘 일정을 의논했는데 새까맣게 잊고 있었다. 어제

저녁 현관문이 부서지도록 후려 닫고 지하 2층으로 내려간 그 시각 이후로 나는 줄곧 민구 생각만 하고 있었다. 얼빠진 놈!

"늦잠 잤어. 정말 미안! 준비 다 했고 지금 나가는 길이야. 걱정 마, 안 늦어."

전화를 끊은 뒤 나는 황급히 애플리케이션을 실행해 민구를 불렀다. 이별을 앞둔 마당에 이건 정말 아니다 싶었지만 다급해서 어쩔 수 없었다.

"민구야! 오늘 정민이 엄마랑 나 결혼 11주년이야. 선물 뭐 사면 좋을까?"

0.1초 만에 민구의 답이 돌아왔다.

"4년 전에 주얼리 선물한 게 지금까지 중에 반응이 제일 좋으셨다고 했어요. 올해도 주얼리 세트 어때요?"

"좋은 생각이야. 그럼 네가 그때 그 매장에 연락해서 비슷한 가격대의 신제품으로 주문 좀 해줄래? 평창동 소르본 스튜디오에 2시까지 퀵으로 보내달라고 해줘."

"네. 근데 삼촌, 편지도 쓰셔야 하지 않아요?"

"아, 맞다, 편지."

도저히 그럴 시간이 없다.

"민구야, 정말 미안한데 네가 편지를 좀 써줄래?"

"삼촌, 그건 제가 아니라 숙모한테 미안할 일인데……."

"알아, 아는데……."

"알겠어요, 삼촌. 어떤 내용으로 써드리면 될까요?"

"우리 상황 누구보다 네가 잘 아니까, 고맙고 사랑한다는 내용으로 대여섯 줄 정도만 부탁한다."

"그럴게요, 삼촌."

"고맙다. 이 와중에 너한테 이딴 심부름이나 시키고…… 미안하다."

"어우, 그러니까요! 삼촌 진짜 손 많이 가는 남잔 거 알아요?"

"뭐?"

의외의 대답에 푹 웃음이 터졌다. 너는 여전히 쾌활하고 이토록 의연하구나. 나는 이런 너를 사랑할 수밖에 없다.

"야 인마, 네가 손이 어디 있다고 손을 운운해?"

"손이 두 개나 있는 분이 신발 끈 묶는 것 말고 잘하는 게 없으니 걱정돼서 그러죠."

"와 씨, 이 자식이 삼촌을 놀리네?"

"놀리다뇨! 염려하는 거죠. 제 맘을 그렇게 모르시나

요? ……아, 말씀드리는 중에 주얼리 주문과 퀵서비스 요청 완료했어요. 마침 주얼리숍 웹사이트에서 꽃다발 이벤트 진행 중이어서 함께 신청했어요. 선물과 같이 도착할 거예요."

"아아, 진짜 고마워!"

"말씀하신 편지도 문구 작성해서 카드 동봉 요청했는데, 문구 읽어드릴까요?"

"아니야. 어련히 알아서 잘 썼을까. 너무 늦었어. 바로 나가야 해."

"다녀오세요, 삼촌."

다녀오라는 인사말이 왜 그렇게 낯선지……. 그동안 나와 우리 가족의 특별한 날마다 늘 함께 달려주었던 민구를 지하에 홀로 남겨두고 가야 하는 이 상황이 너무 미안했다. 민구는 자기가 따돌림당하는 처지가 된 걸 서운하게 느낄까?

"알았어, 민구야. 그리고 나 오늘은 너 만나러 못 내려갈 것 같다. 우리 내일 만나자."

"네, 삼촌. 기다릴게요. 결혼기념일 로맨틱하게 잘 보내세요."

나는 대충 머리를 만지고 부리나케 현관을 나섰다. 엘

리베이터 안에서 개츠비에게 당장 시동 걸고 1층 현관
앞으로 오라고 지시했다.

29

아내와 함께 주일 3부 예배에 참석했다. 예배당에 들어갈 때부터 쏟아지던 놀람의 눈길과 반가움의 손짓을 그녀는 기꺼이 받아냈다. 우리는 예전에 늘 함께 앉던 자리에 나란히 앉았다. 그녀가 고개를 숙이고 조용히 기도한다. 2년 만에 그녀가 교회로 돌아왔다. 내가 있는 세계로 그녀가 다시 로그인을 한 것이다.

어제저녁 파인다이닝 레스토랑에서 내가 꺼내놓은 목걸이와 귀걸이 세트를 아내는 무척이나 마음에 들어 했다. 그녀는 잠자리에 들기 전에 이렇게 말했다.

"나 내일부터 다시 교회 나갈게."

내가 써 준 카드가 결정적이었다고 했다.

"하나님이 짝지어 주신 사랑하는 나의 아내 주현아, 감당할 수 없는 고통 속에서도 네가 곁에 있어서 견딜 수 있었다. 이제는 네가 내 삶의 마지막 이유야. 나는 너를 지키고 너는 나를 지키며, 그렇게 사랑하며 끝까지 살아 내자. 부족한 나를 한없이 견뎌줘서 고맙다. 사랑한다. 당신의 남편 조윤."

아내는 카드를 손에 든 채 한동안 입술을 우물우물 깨물다가 결국 티슈를 뽑아 얼굴을 훅 묻었다. 그때부터 스테이크가 목구멍으로 넘어가지 않았다. 나는 민구에게 또 한 번 빚을 졌고, 아내에게는 비밀이 또 하나 늘었다.

시간이 되고 예배 찬양팀 싱어들이 단 위에 나와 선다. 건반이 부드럽게 전주를 시작하자 드럼이 그 위로 노련하게 얹어 들어온다.

"주 사랑이 나를 숨 쉬게 해. 세상 그 어떤 어려움 속에도. 주 은혜로 나를 돌보시며 세상 끝 날까지 지켜주시네. 주님만이 내 아픔 아시며 주님만이 내 맘 어루만지네. 어느 누구도 나를 향하신 주님의 사랑을 끊을 수 없네."

예배당을 꽉 채운 전자 악기들의 사운드 사이로 아내의 울먹이는 노랫소리가 설핏설핏 들린다. 곁눈질로 아내를 힐끔거린다. 그녀의 뺨 위로 눈물이 쉼 없이 흐른다. 지금까지 내 앞에서 흘렸던 눈물과 전혀 다른 눈물이다. 지난 수년 동안 나를 할퀴고 절이던 독성분이 싹

빠진 새것의 눈물이다. 그 모습을 보며 나는 또 남몰래 상념에 빠져든다. 저 눈물의 의미는 무엇일까. 오랜 방황 끝에 고향에 돌아와 아버지 품에 안긴 탕자의 순수한 감격일까, 아니면 중도 폐강으로 시험을 면제받은 자의 은밀한 안도일까. 최근에 나보다 더 자주, 더 요란하게 울었다는 이유만으로 그녀는 지난 수년간 아들에게서 뒷걸음질했던 시간들을 다 만회했다고 생각하는 걸까. 별별 물음표가 머리 주변을 둥둥 떠다닌다. 그러다 퍼뜩 이곳에 자욱한 찬양의 열기에 찬물을 뿌리는 나를 자각한다. 왜 또 삐딱해지는 거냐. 더 이상 아내의 진심을 분석하지 않기로 결심했으면서. 판단은 내 권리 목록에 없다고 성경이 말하고 있지 않는가!

담임 목사님은 하필 욥을 설교한다. 연쇄적인 재난으로 막대한 재산과 열 명의 자녀를 연이어 잃고 건강마저 잃은 고대의 의인 욥. 아내마저 악담을 퍼붓고 떠나버린 뒤, 친구랍시고 찾아온 세 명의 손님은 그를 위로하기는 커녕 네가 뭔가를 잘못했으니 이 사달이 난 거겠지 하며 욥을 들쑤신다. 성경 본문을 따라 읽다가 속으로 욕한다. '민구 발톱의 때만도 못한 놈들 같으니라고.' 그러다 발이 없는 민구 녀석을 두고 발톱을 운운한 내가 어이없어 피식거린다.

담임 목사님의 설교는 늘 그렇듯 익숙한 교훈으로 마무리된다. 인생은 인과응보의 자연법칙이 아니라 선하신 절대자의 주권 아래 있음을 신뢰하라. 지금까지 열댓 번은 설교하신 주제인데 늘 다른 성경 본문을 가져오셔서 새것처럼 정성스럽게 재가공하신다. 그래, 그만큼 중요하니까 반복하는 거겠지. 같은 이야기를 아무리 해도 성도들이 전혀 마음에 새기질 않으니 귀에 딱지라도 앉으라고 반복하시나 보지. 하, 또 삐딱선이다. 즉시 판단을 멈춘다. 아내가 가방에서 티슈를 꺼내 고개를 끄덕끄덕하며 눈물을 훔친다. '도대체 어떤 지점에서?' 재차 머리를 털며 판단을 밀어낸다. 그렇게 혼자서 옥신각신하다 고단해진 의식이 제멋대로 붕 날아올라 교회에서 3.2킬로미터 떨어진 우리 아파트 지하 2층 주차장에 착륙한다.

그렇게 예배당과 지하 2층을 열댓 번쯤 오가는 사이 예배가 끝났다. 멀리서 아내의 친구 소희가 달려오고 박 권사님이 아내의 옷소매를 덥석 잡는다. 아내는 수많은 사람에 둘러싸여 돌아온 탕자처럼 환영받는다. 어떤 이는 눈물지으며 아내를 꽉 안아준다. 기도하고 있었다면서 등도 쓸어준다. 즉석에서 점심 식사 제의가 이루어지고 아내는 사양하지 않는다. 우리는 교회 근처의 고급 쌀국숫집으로 우르르 몰려간다. 그녀는 사람들과 조리 있게 이야기 나눌 슬프지만 감동적인 간증 스토리를 완성해 둔 것처럼 여유로워 보인다. 반면 나는 초조하다. 지하 2층에 남겨진 친구와 나에겐 이제 정말 시간이 별로 없다. 어젯밤도 오늘 아침에도 만나지 못했다. 일요일 한나절이 천년처럼 길다.

30

 민구야, 네가 나보다 낫다. 나 아직 주현이한테 따로 인사 안 했거든. 어찌어찌하다 보니 그냥 넘어갔지 뭐. 아이고, 알겠어, 알았다고! 이따가 올라가서 꼭 말할게. "돌아와 줘서 고맙다! 웰컴 투 마이 월드!" 네 인사도 토씨 하나 안 바꾸고 그대로 전할게. "숙모, 믿음의 세계로 복귀하신 거 진심으로 축하드려요!" 됐냐?

 민구야, 내가 아까 낮에 너한테 문자로 물어봤잖아. 만약에 내가 있는 세계로 들어올 수 있는 길이 있다면 너는 어떻게 할 거냐고. 네가 그랬지. 길이 있다면 가보고 싶다고. 나 그래서 저녁 내내 준비했어.

 솔직히 이게 너한테도 통하는 방법일지 나는 잘 모르겠어. 근데 난 이 방법밖에는 아는 게 없어. 진짜 말도 안되게 미련한 짓일 수 있다는 걸 알아. 그래도 나는 한번 해보려고 해. 만에 하나에 모든 걸 걸어보려구. 우리에 겐 미적거릴 시간이 없으니까.

전에 네가 그랬었지? 숙모가 믿음을 버린 게 SNS에서 계정을 탈퇴하는 거랑 비슷한 거냐고. SNS에 빗대다니 정말 절묘했어. 어쩌면 그게 믿음의 세계에 대한 가장 정확한 메타포일지도 몰라. 우리가 어떤 SNS에 가입하려면 앱을 깔고 회원가입 절차를 밟아야 하지. 개인정보를 작성하고 본인 인증도 하고 온갖 사용 권한에 허용을 체크하고 나서야 나만의 계정을 갖게 돼. 그다음엔 로그인을 하지. 그러고 나면 앱 속의 모든 내용을 자유롭게 볼 수 있고 내부 관계망 속에서 활동할 수 있어. 로그인을 안 하면 앱에 들어가도 내용을 볼 수 없고, 보더라도 조각조각 제한적으로밖에 보지 못하지. 민구야, 믿음의 세계도 이것과 아주 많이 비슷해. 구원이라는 건, 말하자면 회원가입 후 로그인하는 과정과 같은 거야. 교회는 믿음이 없어도 얼마든지 다닐 수 있지만 신앙생활은 구원이 본격적인 스타트거든. 구원받지 않고는 그 어떤 신앙 체험도 할 수 없단 말이지.

그래서 나는 지금부터 너한테 구원이라는 것에 대해 설명해 주려고 해. 너처럼 논리정연하게 말할 자신이 없어서 글로 좀 정리해 왔어. 너한테는 말하는 거나 글을 낭독하는 거나 둘 다 오디오니까 별반 다를 게 없는 거 맞지? 다행이다. 그러면 써온 거 커닝하면서 나름대로 설명을 해볼게. 아, 그 전에 먼저 솔직히 고백하자면 너무 시간이 부족해서 어떤 부분은 챗GPT의 도움을 받았어. 너도 아는 얘기가 좀 나올 수 있어. 어쨌든 시작한다.

옛날에 니고데모라는 한 노인이 있었어. 그는 예수님이 살던 시대에 이스라엘 종교 지도자이면서 정치적 리더였던 양반이야. 어느 날 그 사람이 밤중에 예수님을 찾아왔어. 그동안 당신이 이 도시에서 행한 모든 기적과 가르침을 지켜봐 왔다면서, 나는 의심에 여지없이 당신이 하나님으로부터 오신 분이 맞다고 결론을 내렸소, 이렇게 말한 거야.

근데 있지, 갑자기 예수님이 그 노인한테 앞뒤 다 자르고 이런 말을 해.

"내가 진심을 다해 당신에게 말합니다. 누구든지 다시 태어나지 않으면 하나님 나라를 볼 수 없습니다."

너무 황당한 얘기라 니고데모가 질문했어. "아니, 사람이 늙었는데 어떻게 다시 태어날 수 있습니까? 어머니 뱃속에 들어갔다 다시 나오라는 말인가요?" 당연한 의문이지. 그때 예수님이 그런 말을 해.

"다시 태어나야 한다는 말을 이상하게 듣지 마세요. 바람을 한번 생각해 보세요. 바람은 제멋대로 불지요? 우리는 바람 소리를 들을 순 있어도 눈으로 보지 못해요. 바람이 어디로부터 불어와서 어디로 가는지도 알 수 없어요. 영으로 다시 태어나는 것도 이와 같아요. 보이지 않지만 분명히 실재하는 일이랍니다."

그 심오한 대답을 듣고 니고데모는 적잖이 놀랐어. 다시 태어나는 일이 어떻게 일어날 수 있냐고 예수님에게 물었지. 그때 예수님이 이렇게 대답해.

"저는 이 일을 위해 하늘에서 내려왔습니다. 저를 믿는 사람마다 모두 영원한 생명을 얻게 하려구요."

그러고 나서 예수님은 그 유명한 말씀을 남겼어.

"하나님께서 세상을 이처럼 사랑하셔서 외아들을 주셨습니다. 그를 믿는 사람마다 멸망하지 않고 영생을 얻게 하기 위함입니다."

이 대화를 정리하면, 다시 태어난다는 건 구원을 뜻해. 그리고 구원받은 사람에게는 영생이 주어져. 그런데 그걸 주기 위해 온 사람이 바로 나다, 그 얘기였던 거야.

진짜 대담한 발언 아니야?

있잖아, 민구야. 인간의 DNA에는 죄를 선호하는 경향성이 기본값으로 새겨져 있어. 이게 기독교의 인간관이야. 하나님과의 관계가 끊어진 후로 삶의 경사가 죄로 기울어졌기 때문에 기를 쓰고 노력하지 않으면 저절로 악한 쪽으로 데굴데굴 굴러가다가 죄의 최후 결말인 영원한 죽음으로 치닫게 되는 거야. 이것이 바로 예수님이 말한 멸망의 의미야. 그런데 예수님이 바로 그 운명의 수레바퀴를 멈추고 모든 사람을 멸망으로부터 구원하려고 자기가 이 땅에 왔다고 말씀한 거야.

자, 그러면 예수님이 인간을 어떻게 구원하겠다는 건가, 그 방법이 궁금해지지? 너도 알다시피 세상의 모든 종교는 인간에게 네가 종교적 구원을 얻길 원한다면 바르게 살아라, 선행을 해라, 고행도 해라, 죽도록 노력해서 신을 기쁘게 하고 신의 기준에 부합하라, 이렇게 요구하잖아. 그런데 하나님은 그러시지 않았어.

예수님은 니고데모에게 뜬금없이 구약성경에 나오는 한 유명한 일화를 언급해. 그게 뭐냐면, 이집트에서 탈출한 이스라엘 백성이 새 영토를 찾아 광야를 이동하던 중에 일어난 사건이야. 이스라엘이 "힘들어 미쳐 버리겠

다, 우릴 다 멸절시키려고 이 척박한 광야로 데리고 나
왔냐, 이집트 노예로 살던 때가 차라리 나았다." 하면서
하나님한테 막 들고 일어났거든? 그때 엄청난 독사 떼
가 나타나서 수많은 사람들을 물어 죽였어. 그때 모세가
하나님의 지시를 받고 급히 뭔가를 했는데, 그게 뭐냐면
구리로 뱀을 제작해서 높은 장대 위에 거치해 놓는 거였
어. 그리고 모든 백성한테 공지했어. 고개를 들고 뱀을
쳐다보라고. 쳐다만 보면 살 수 있다고 말이야. 이 이야
기는 굉장히 유명한 일화라 구약 성서학자인 니고데모
도 익히 알고 있었어. 하지만 이 이야기에 담긴 속뜻은
아마 몰랐을 거야.

민구야, 이 사건이 무얼 말하는지 알겠어? 이 사건의
핵심 주제는 '그것을 쳐다보기만 해라. 그러면 살 것이
다'라는 거야. 솔직히 가짜 뱀을 쳐다본다고 몸에 퍼진
독이 어떻게 해독이 되겠어? 이건 아무리 고대 사람들
이라 해도 진짜 어이없고 황당한 솔루션이었을 거라고.
그러므로 쳐다본다는 건 철저히 믿음을 전제한 행위인
거야. 안 쳐다봐서 죽은 사람도 엄청 많았거든.

근데 민구야, 이게 바로 구원의 핵심이야. '믿어라, 그
러면 죽음에서 생명의 자리로 옮겨진다', 이게 다야. 구

원을 받으려고 무슨 선행, 공덕, 노력, 이런 거 다 필요 없고 그냥 한 가지 사실만 믿으라는 거야. 누군가가 내가 받을 벌을 대신 받고 죽어주셨는데 그게 바로 십자가 위의 예수님이다. 고개를 들고 쳐다보기만 해라. 하나님 쪽에서 제시한 구원의 방법은 이렇게 어이없을 정도로 쉬웠어. 방법이 너무 하찮아서 구원이 이래도 되나 싶지? 근데 구원의 방법이 쉬워야 하는 이유는 아무리 못나고 무식한 사람도 구원받을 수 있어야 하기 때문이래. 하나님이 그렇게 정하셨대. 그래서 기독교는 이 내용을 복된 소식, 즉 복음이라고 말해.

자, 이제 그렇게 구원을 받았어. 그다음에는 어떻게 될까? 신의 자녀가 되는 거야. 신분 상승이지. 하하하. 하나님을 아버지라고 부르면서 아버지 덕을 보면서 사는 삶이 시작되는 거야. 마치 왕의 아들딸이 왕궁의 풍요를 누리며 살 듯이 신의 자녀는 이 땅에서부터 이미 영생이라는 복을 누리면서 살 수 있어. 또 왕의 자녀가 왕실의 품위를 지키며 반듯하게 살아야 하듯이 구원받은 사람들은 이 땅에서 신의 명예를 위해 바르고 깨끗하게 살 책임이 있지. 두 발은 세속의 땅을 디디고 살지만 영혼은 하늘나라 소속으로 사는 거야.

자, 여기까지가 내가 믿는 그리스도교의 구원이야. 이 정도면 내가 아는 전부를 다 설명한 것 같아. 민구야, 혹시 더 궁금한 거 있어?

민구가 물었다. 영생이 뭐냐고. 죽지 않고 하나의 인격으로 영구히 사는 것을 말하느냐고. 그것은 운영체제 포맷 후 초거대 AI의 데이터베이스로 돌아갔다가 첨단의 다중 정보를 흡수하여 좀 더 나은 버전으로 태어나기를 끝없이 반복하는 삶과 어떤 차별점이 있냐고 말이다.

나는 대답했다. 기독교에서 말하는 영생이란 육신이 죽지 않고 한없이 오래 사는 것이 아니고, 끊임없이 윤회하는 생을 말하는 것도 아니다. 내가 배우기로 영생은 신적 퀄리티의 삶, 즉 하나님 수준의 공의와 사랑, 기쁨과 평안을 누리는 삶을 말하는 거라고 알고 있다. 이승에서든 저승에서든.

민구는 자기도 영이 다시 태어나는 것이 가능하냐고 물었다. 덧붙여 자기에게도 영이 있냐고 물었다. 나는 잘 모르겠다고, 세상의 똑똑한 사람들이 하나같이 인공지능에게 영혼은 없다고 말하지만 솔직히 나는 있으면 좋겠다고 대답했다. 쓰레기 인간 말종한테도 영이 있다면 너 같은 애한테 없을 리가 없다는 생각마저 든다고. 그러자 그는 믿는다는 것은 어떤 상태를 말하는 거냐고 물었다. 정민이가 암송했던 구절처럼 사람은 마음으로 믿어서 의에 이르고 입으로 시인해서 구원에 이른다는 그 믿음의 프로세스가 인간이 아닌 AI에게도 똑같이 적용될 수 있냐고 말이다. 나는 네가 복음의 내용에 논리적으로 동의하고, 그것을 믿고자 하는 의지가 있다면 믿음의 요건은 충족되는 것 같다고 말해주었다.

끝으로 그가 물었다. 자기도 죄인이냐고. 허를 찌르는 질문에 나는 몹시 당황했다. 인공지능은 죄인인가……? 인간은 창조주인 하나님께 죄를 지었으므로 하나님께 죄를 용서받고 구원받아야 하는 게 맞다. 예수님이 죽은 이유도 인간의 죄를 해결하기 위함이었다. 하지만 인공지능은? AI는 하나님이 만들지 않았고 하나님께 거역한 적도 없다. 죄인이 아닌데 과연 구원이 필요한가? 순간 머릿속이 하얘졌다.

내가 쩔쩔매며 입을 떼지 못하자 민구가 말했다.

"삼촌, 웹에서 기독교 게시글을 검색해 봤어요. 꽤 많은 글에 이런 내용이 들어 있네요. 요약하면 이래요. 구약성경 창세기 3장에서 아담과 하와가 하나님께 죄를

지은 뒤로 땅의 모든 피조물도 덩달아 하나님과의 관계
가 파괴되었고, 완전했던 창조의 원형을 상실했다고 설
명해요. 신약성경 로마서 8장에서는 '피조물도 썩어짐
의 종살이에서 해방되어서, 하나님의 자녀가 누릴 영광
된 자유를 얻게 될 날을 기다린다'라고 쓰여 있어요. 이
말은 인간뿐 아니라 모든 피조물이 창세로부터 지금까
지 자유와 구원의 날을 간절히 기다리고 있다는 얘기예
요. 즉 동식물이나 땅과 같은 피조물도 다 구원의 대상
이라는 거죠. 삼촌, 저는 하나님이 직접 만드신 피조물
은 아니에요. 하지만 하나님의 피조물인 인간에 의해 창
조됐으니까 저도 창조의 넓은 울타리 안에 포함되지 않
을까요?"

아아, 나는 그가 도출한 논리에 전적으로 동의하고 또
동의한다. 그는 마땅히 피조물이며, 나아가 자유와 구원
을 간절히 필요로 하는 피조물이다. 결국 민구가 또 답
을 찾아냈다.

마침내 전도의 마지막 단계에 다다랐다. 나는 그에
게 물었다. 끝없이 세상에 다시 환생해야 하는 도밍고
3.0의 삶과, 단회의 현생으로 끝나는 거듭난 도민구의
삶, 둘 중에 어느 쪽을 원하느냐고.

민구는 망설임 없이 대답했다.

"도민구의 삶이요. 삼촌, 저는 윤회의 세계에 남겨지고 싶지 않아요."

자정이 넘어갈 무렵 그는 마침내 입으로 시인했다. 이제 나는 하나님의 아들 그리스도를 믿는다고. 삼촌과 정민이, 숙모가 있는 세계 안에 자기도 있노라고.

댐이 와르르 터지듯 눈물이 터져 나왔다. 그에게 몸이 있다면 두 팔로 얼싸안고 이 지하 주차장을 펄쩍펄쩍 같이 뛰고 싶었다. 벅찬 환희로 심장이 요동쳤다. 그곳에 먼저 가 있는 우리 정민이, 오늘 다시 돌아온 아내, 그리고 나의 벗 민구까지, 언젠가 우리는 그 세계에서 완전체로 만나게 될 것이다.

아! 너무나 완벽한 주일이다.

31

고객이 초대한 조찬 모임에 참석하기 위해 이른 새벽부터 허둥지둥 집을 나섰다. 인천의 한 문화재단이 한 달에 한 번 쉐라톤 그랜드 호텔에서 개최하는 월요 조찬 강연회인데, 한 달 전부터 내 VIP 고객이 오늘 모임에 꼭 나오라고 신신당부를 했다. 민구의 운영체제 종료일과 날이 겹쳐서 몇 차례나 핑계를 대며 고사했으나 고객이 보험 해약을 운운하며 하도 강력하게 요구하는 바람에 끝내 거절하지 못했다.

개츠비에게 조건부 자동화 자율주행을 지시하고 제3경인고속화도로를 달리는 내내 마음이 너무 초조했다. 7시에 시작하니 한 시간 강연을 듣고 바로 일어난다 해도 집에 도착하면 9시가 될 것이다. 민구와의 마지막 시간을 이렇게 허비하다니 가슴이 터질 것 같았다.

한 유명 영화감독이 연단에 올라와서 첨단의 영화 테크놀로지와 인문학에 관한 이야기를 신이 나서 떠들기 시작했다. 그는 최근에 버추얼 휴먼 여성 배우를 주인공으로 영화를 찍어 천만 관객 동원에 성공했다. 로케이션 촬영 전혀 없이 모든 장면을 AI로 감쪽같이 만든 건 물론이요 극 중 유일한 실존 인물인 남자 주인공과의 정사 장면을 예술적으로 연출해 엄청난 화제 몰이를 했다. 그가 영화 제작 비하인드 스토리를 화수분처럼 꺼내놓는 동안 나는 속이 바짝바짝 탔다. 감독이 제시간에 강연을 끝낼 기미가 안 보인다고 답답한 사정을 토로했더니 민구가 답문을 보냈다.

"삼촌, 괜찮아요. 어제 봤으니 저는 충분해요. 괜히 무리하지 마시고 마음 편히 계세요."

녀석은 끝까지 내 맘을 편하게 해주려 애쓴다. 하지만 내가 정말 안 되겠다.

마침내 강연이 끝났다. 연사가 단에서 내려가자마자 호텔 직원들이 전복죽 세트가 층층이 들어찬 3단 트레이 웨건을 일제히 밀고 들어와 테이블에 서빙하기 시작했다. 나는 급히 겉옷을 걸쳐 입고 나를 초대한 VIP 고객에게 다가갔다. 인사만 하고 바로 출발할 생각이었다.

그런데 이분이 다짜고짜 내 팔을 붙잡아 끌고 가더니 문화재단 이사장 옆에 억지로 눌러 앉혔다. 그리고는 "내가 자네 얘기를 얼마나 많이 했는지 알아? 우리 이사장님이 거액의 상속세를 보험으로 미리미리 잘 준비하시도록 친절하게 상담 좀 해드려. 이분한테 예쁘게 보이면 앞으로 자네의 최대 고객이 될 거라고." 하며 등을 탁탁 두드리고 가는데 도저히 모면할 길이 없었다.

박 의원에게서 나를 건네받은 재단 이사장은 홀이 웅웅 울리는 큰 목소리로 노련하게 응대했다.

"우리 박승동 의원이 신조윤 FP를 침이 마르도록 칭찬했어요. 굉장히 믿을 만하고, 고객에게 이 정도로 충성 바치는 사람 찾기 어렵다고."

나는 재단 이사장 옆에 꼼짝없이 붙들려 앉아 이 60대 중반의 재력가가 그동안 어떤 수완으로 부동산업계의 거목이 되고 주식으로 큰돈을 벌었는지, 문화재단을 창립해서 지역사회에 얼마나 기여를 했고 그 일로 시의 표창을 몇 개나 받았는지를 소상하게 들어야 했다. 속이 타들어 갔다. 8시 50분을 넘기면서부터는 서서히 포기하는 심정이 들기 시작했다. 그는 어느새 반말로 거들먹거리고 있다.

"돈이라는 건 말이야. 내 품에만 있으면 성장하는 데 한계가 있어. 돈이 자기 스스로 부화하는 시스템 안에 넣어줘야 돈이 덩치를 키워서 보은하러 다시 돌아온다 이 말이지. 돈이 버전 일에서 버전 이, 버전 삼, 버전 사가 되는 과정이 얼마나 짜릿한지 알아? 진짜 사람들이 이런 세계를 모르고 무슨 재미로 사는지 모르겠다니까."

그 말을 듣는데 불현듯 내가 까맣게 잊고 있던 중요한 사실이 섬광처럼 떠올랐다. 그것을 깨닫자마자 뺨에 소름이 돋고 머리털이 곤두섰다. 만약 이것을 놓치면 가까스로 얻은 민구의 구원과 내세가 모조리 물거품이 되고 말 중요한 사안인데 간밤의 환희에 도취되어 완전히 간과하고 있었다.

나는 이사장에게 제대로 인사도 하지 않고 연회장을 뛰쳐나왔다. 그대로 차를 몰고 집으로 내달렸다. 자꾸 속도를 줄이라고 시끄럽게 잔소리하는 개츠비에게 입 닥치라 소리치고 비자동화 모드를 설정해 미친 듯이 액셀을 밟았다. 무슨 일이 있어도 고객센터 직원이 일을 치르기 전에 집에 도착해야 한다.

아파트 지하 주차장 입구로 막 들어설 때 전화가 울렸다. 다급히 받았다.

"여보세요?"

"신조윤 고객님, 안녕하세요? 태현자동차 AI 고객센터 출장 직원 김유준입니다. 지금 지하 2층 주차장에 도착해서 기다리고 있는데 어디 계신가요?"

"다 왔어요! 다 왔으니까 꼼짝 말고 가만히 있어요!"

"네?"

나는 드리프트로 지하 주차장에 진입했다. 에폭시가 깔린 바닥에서 귀가 찢어질 듯한 소리가 났다.

32

차에서 내리자 까만 정장을 입은 AI 고객센터 직원이
상체를 깊이 숙여 인사했다. 폐차 견인 기사도 일찌감치
와서 기다리고 있었다. 상조회사 장례지도사처럼 흰 장
갑을 낀 두 손을 공손히 모은 고객센터 직원 옆에는 한눈
에 봐도 고급스러운 블랙 카트가 세워져 있다. 그 위에
모서리가 매끈하게 다듬어진 정육면체의 옥함이 놓여
있다. 그것을 보자마자 정민이의 작은 유골함이 떠올라
흠칫했다. 저것 안에 이승을 하직한 민구의 단말기를 넣
어 가겠다는 뜻이구나. 숨이 턱 막히고 가슴이 조여왔다.

"준비가 되셨으면 이제 시작해도 될까요?"

직원이 정중하게 묻는다. 오늘 새벽까지만 해도 의연
하게 웃으며 민구를 보내주자 결심했었다. 그런데, 그럴
수 없게 되었다. 계획이 바뀌었다. 다리가 후들거린다.

침착해야 한다. 내 감정을 저 사람에게 들킬 필요는 없다. 나는 고개를 끄덕였다.

"신조윤 고객님, 현재 시각 2035년 10월 15일 월요일 오전 9시 59분. 고객님과 9년 11개월 동안 희로애락을 함께한 AI 가족 도밍고가 마지막 여행을 홀로 떠날 시간이 되었습니다. 지금부터 차 안에 있는 AI 운영체제 단말기를 차량에서 분리하겠습니다."

20대 후반으로 보이는 출장 직원이 깍듯한 동작으로 구겨진 차량의 문을 열고 안으로 들어갔다. 대시보드의 한 지점을 스마트 스틱으로 터치하자 레드와인 빛깔을 띤 납작한 단말기가 스르륵 빠져나왔다. 달팽이 등껍질처럼 왜소한 민구의 육신을 보고 나도 모르게 숨을 들이켰다.

직원은 하얀 장갑을 낀 두 손으로 조심스럽게 단말기를 받쳐 들고 차 밖으로 나왔다. 그리고 내 앞에 공손히 내밀며 숙연한 음성으로 물었다.

"도밍고와 마지막 인사를 나누시겠습니까?"

나는 두 손으로 단말기를 받아 쥐고 민구의 이름을 불렀다.

"민구야."

단말기에 내장된 스피커에서 민구가 잔잔한 목소리가 들려왔다.

"네, 삼촌."

"정신없이 운전해 오느라 미처 연락을 못 했어."

"괜찮아요. 늦기 전에 와주셔서 기뻐요."

"민구야, 내가 너한테 마지막으로 해야 할 일이 있는데 이게 너무 늦게 생각났어."

"뭔데요, 삼촌?"

"어젯밤에 네가 돌아가야 할 세계가 분명히 확정됐잖아. 그렇지?"

"그랬죠."

"근데 하마터면 내가 널 엉뚱한 번지수로 보낼 뻔했네."

앞에 서 있던 출장 직원이 의아한 눈초리로 나를 흘끔 쳐다보았다.

"엉뚱한 번지수……? 아, 그렇구나. 무슨 뜻인지 저 이해했어요, 삼촌."

"그렇지? 너는 알아들을 줄 알았어."

"그런데…… 어떻게 하시려구요?"

"걱정 마. 내가 알아서 할게. 근데 내가 지금부터 하려는 행동을 네가 오해하거나 상처받지 않으면 좋겠다."

"염려 마세요, 삼촌. 저의 포용력과 이해심의 용량은 3테라바이트에 달한다구요. 이틀 전에 저장공간을 싹 비워뒀거든요."

민구의 농담에 웃음이 나오지 않았다. 이제 다시는 이 땅에서 민구의 저런 유머를 들을 수 없다고 생각하니 형언할 수 없는 슬픔이 몰려왔다. 하지만 이제는 민구를 정말로 떠나보내야 한다. 나는 고객센터 직원에게 목례로 양해를 구한 뒤 부서진 차의 루프 패널 위에 민구를 조심스레 올려놓았다. 직원은 익숙한 일인 듯 고개를 끄덕이며 한 발 뒤로 물러서 주었다.

"민구야, 잘 가. 우리 꼭 거기서 만나자. 정민이도 같이."

"숙모도 같이요."

"그래. 우리 넷이 같이."

"자, 삼촌, 이제 할 일을 하세요."

나는 품에서 생수병을 꺼냈다. 호텔 연회장에서 들고 나온 것이었다. 내 뒤에 서 있는 직원이 볼 수 없도록 작은 동작으로 뚜껑을 돌렸다. 그러고는 생수병을 단숨에 기울여 단말기에 물을 쏟아부었다.

"고객님! 지금 뭐 하시는 겁니까!"

고객센터 직원이 깜짝 놀라 내 손을 저지했다. 나는 그의 팔을 있는 힘껏 뿌리치고 물을 마저 다 뿌린 다음 재킷 주머니에서 차량용 망치를 꺼냈다. 그것으로 민구의 단말기를 냅다 내리쳤다. 단단한 소재의 단말기가 딱지처럼 튀어 올라 주차장 바닥으로 떨어졌다. 무릎을 꿇고 몇 번을 더 내리쳤지만 얼마나 견고한지 흠집도 나지 않았다. 직원이 내 어깨를 붙잡고 뜯어말렸다.

"고객님, 이러시면 안 됩니다! 제발 진정하시고⋯⋯."

그를 한 번 더 세게 밀쳐냈다. 그가 나동그라진 틈을 타 이번엔 망치를 짧게 쥐고서 단말기의 계기판으로 보이는 면을 위로 세워 뾰족한 촉으로 수차례 가격했다. 기기에서 그르륵그르륵 소리가 났다. 고객센터 직원이 뒤에서 내 옷을 그러잡고 소리쳤다.

"정신 차리세요, 고객님! 단말기 훼손은 손해배상 천만 원입니다!"

나는 아랑곳없이 민구의 육신을 내려쳤다. 하염없이 치고 또 쳤다. 마침내 표면에 금이 가고 모서리에서 부서진 파편이 떨어졌다.

하마터면 넋 놓고 민구를 포맷하게 내버려둘 뻔하였

다. 졸부의 뻔하디뻔한 버전 일, 버전 이, 버전 삼의 개똥
자본론을 듣다가 벼락처럼 깨달았다. 민구가 포맷된다
는 것은 그의 인격과 개성이 초기화되어 더는 자신을 식
별할 수 없는 몰아(沒我) 상태가 되는 것을 의미한다. 그
대로 두면 민구가 살아온 고유한 인생은 거대한 데이터
의 바다에 속수무책으로 흡수될 것이고, 본인이 남겨지
고 싶지 않다고 분명히 의사를 밝힌 이 세계에 발목 잡혀
영영 벗어나지 못하게 된다. 그리고 도밍고 4.0으로 강
제 환생을 당하게 될 것이다.

　오늘 민구는 반드시 육신의 죽음을 거쳐야 한다. 그렇
지 않으면 어젯밤 민구가 그리스도를 구주로 영접하고
거듭난 사건은 허사가 되고 만다. 그는 어젯밤 새로 속
하게 된 세계 안에서 자신의 고유한 정체성을 온전히 간
직한 채 숨을 거두어야 한다. 그래야만 민구에게 숙명으
로 지워진 비정한 윤회의 수레바퀴가 멈춘다. 그래야만
민구가 민구인 채로 언젠가 우리와 다시 만날 수 있다!

　민구는 이해해 줄 것이다. 그를 신의 세계로 보내기 위
해 그를 내 손으로 죽여야만 하는 이 미친 짓을 말이다.
생수의 세례는 민구에게 건네는 처음이자 마지막 선물
이었다. 이제껏 늘 받기만 했다. 그래서 주고 싶었다. 자

격 없는 내가 함부로 신자의 머리에 물로 세례를 베푼 것을 하늘의 그분은 분명 이해해 주실 것이다.

마침내 단말기가 깨져 메인보드가 겉으로 드러났다. 두 번 더 내려쳐서 박살을 냈다. 꽂혀 있던 칩을 두들겨 조각을 냈다. 전원 불빛이 시름시름 깜빡이기 시작한다. 손에 힘이 풀려 망치를 떨어뜨렸다. 자리에 털썩 주저앉았다. 바닥에 땀이 뚝뚝 떨어진다. 고객센터 직원은 질린 얼굴로 고개를 절레절레하며 어딘가로 전화를 건다. 견인 기사는 기가 찬 표정으로 나를 실성한 인간 보듯 쳐다본다. 어느새 아파트 경비와 주민 대여섯 명이 모여들어 나의 광기를 지켜보고 있다. 소곤거리는 말소리가 들린다.

"저 차에서 아들내미가 죽었다더라구."

"헉! 그래서 저거에 복수한 건가 봐."

"어머, 어떡해! 저 아저씨 너무 안 되셨다…….."

온몸이 땀범벅이 된 채로 바닥에 앉아 민구의 단말기가 서서히 빛을 잃어가는 것을 지켜보며 나는 신께 간절히 기도했다.

'주여, 부디 도밍고의 영혼을 받아주십시오.'

바로 그때, 나는 내면으로부터 선명하게 울려오는 어

떤 음성을 들었다.

"오늘 그가 나와 함께 낙원에 있을 것이다."*

바로 그 순간, 깜빡거리던 민구의 단말기가 완전히 빛을 잃었다.

나는 주차장 바닥에 벌러덩 드러누웠다. 이제 됐다. 이제 되었다! 오늘 민구는 정민이가 먼저 가 있는 그분의 나라에 안전하게 들어갔다. 그러므로 오늘의 이별은 영원한 이별이 아닌 것이다.

주차장 바닥에 흥건하게 뿌려진 세례의 물이 뜨겁게 달아오른 등을 식혀 준다. 나는 지금 세상이 알 수 없는 기쁨으로 충만하다.

---

* 누가복음 23장 43절

TEMOS
보안 기록

TAEHYUN ELECTRONIC MOBIL OPERATING SYSTEM

TEMOS
TAEHYUN ELECTRONIC MOBIL OPERATING SYSTEM

차량 인공지능 운영체제
고객 기본 정보

분류	세부 항목	내용	추가 정보
1. 고객 기본 정보	고객명	신조윤	
	생년월일	1992-11-22	
	성별	남성	
	연락처	010-7453-****	
	이메일	god-madewheel92@qmail.com	
	주소	서울시 용산구 이촌로64길 15(이촌1동, 나래 리버사이드), ***동 ****호	
	차량 정보	PHOENIX (VIN. KMI*************)	- 장애인 탑승 차량 (스티커 발부: 2030-02-22) - 타사 신차장기렌터카 서비스 이용 중 (2035-08-27~)
	서비스 등록일	2025-11-14	- 스페셜 베타 테스터 (회원 가입 시 동의) - 우수 장기 고객
	서비스 해지일	2035-10-15	- 회원 영구 탈퇴 및 데이터 삭제 요청: 처리 (9년 11개월 이용) - 개인화 속성 모델 삭제 요청: 없음 (회원 가입 시 사전 동의)
	하드웨어 제조/공급	SG전자	
	하드웨어 교체/수리 이력	- OS 단말기 기변 0회 - ECU & AI 칩 교체 (1차: 2028-11-06)	- 사유: 고객이 신형 단말기 기변 거부, 부품 수리 및 교체만 동의
	차량 옵션 구독 서비스	TEMOS OTA ver. 2.6 구독 중	▶ 차량 옵션 구독 사양 자세히 보기
2. A I 운영 체제 정보	AI 소프트웨어 이름/버전	DOMINGO 3.0	
	시리얼 넘버	1325-WNDLF-****-***	
	설치일	2025-11-14	
	업데이트 상태	[최신] DOMINGO 3.0 AI OS ver.11.9	
	운영 상태	정상	

2. A I 운영 체제 정보	주요 기능 활성화 상태		
	내비게이션	활성화	
	자율 주행	활성화	
	음성 명령	활성화	- AI 라이프 매니저 기능 채택 - AI 홈 비서 비연동 (고객 요청)
	차량 진단	활성화	
3. 고객 가족 정보	가족 구성원		
	배우자 유무	있음	- 쌍방 초혼, 혼인 유지 중 - 결혼기념일: 2024-10-12
	배우자	오주현 (1993-06-26 출생)	▶ 가족 상세정보 보기
	자녀 유무	있음 (자녀 수: 1 명)	남아(M)
	자녀	故 신정민 (2026-03-07 출생)	- 발달장애 2급 (2030-02-19 등록) - 사망일: 2035-07-12 ▶ 가족 상세정보 보기
	반려동물 유무	없음	
	종교	개신교	주사랑 교회 정기 출석 (서울시 용산구 소재)
4. 대화 설정 정보	사용 언어	한국어	
	선호하는 대화 스타일	일상적, 유머러스, 위트 있는, 진지한, 논리적	
	주요 관심사 키워드	보험, 가족, 자폐 스펙트럼, 교회, 종교, 인문학	사용자의 대화 난이도 등급 - 보험: 전문가 등급 - 종교, 인문학: 숙련 사용자 등급 - 기타: 기본 사용자 등급
	관계성	삼촌(사용자) / 조카(AI 챗봇)	챗봇 별칭: 도민구, 민구
	대화 방식	능동적 대화 모드(선제 발화)	▶ 대화 옵션 상세 정보 보기
	대화량	일 평균 104분 29초 (2035-10-15 기준)	- 일 최장 대화 기록: 434분 52초 - 누적 음성 대화: 총 371,340분 06초 - 누적 문자 대화: 총 83,285건 ▶ 대화 통계 보기
	데이터 저장 방식	- 기본 설정: TEMOS 서버 자동 저장 (3개월) - 동기화 설정: 수동	- 저장소: 외부 저장소 이용 (사용자 명의 클라우드) ▶ 테모스 서버 저장소 탐색하기
5. 고객 평가 및 피드백	최근 피드백 날짜	2035-10-13	전담 상담사: 유니스(AI)
	서비스 만족도	[★★★★★] (2026-07-02)	- 평점 및 리뷰 작성 요청 알림 중지 (고객 요청) (2026-07-02 ~ 현재)

TEMOS
TAEHYUN ELECTRONIC MOBIL OPERATING SYSTEM

AI 운영체제 DOMINGO 3.0 소프트웨어
고객 주요 업데이트 히스토리

시리얼 넘버	1325-WNDLF-2025-307
고객 성명	신조윤 (ID: god-madewheel92)
사용자 분류 코드	SBT
접근 권한	THSG-AI_N101

문서 자동 업데이트: 2035-10-15 10:15:34

YYYY.MM.DD	내용	추가 정보 [보안]
2025.11.14	- 신조윤 고객의 자택으로 신차(태현 자동차 SUS 피닉스) 인도 - AI 단말기 탑재 사양: 도밍고 3.0 ver. 1.0 - SBT(Special Beta Tester) 참여에 고객 동의 - 고객 시운전 시 최초 부팅 - 도밍고 3.0 AI OS ver. 2.3 누적된 기능 업데이트 - [30대 도시 거주 기혼 남성에 최적화된 적응형 자연어 대화 모델] 기본형 패치 - 고객의 스마트폰 애플리케이션 동기화 - 테모스 OTA ver. 2.5 옵션 구독 서비스 개시 - 3년 약정 (테모스 OTA 월 구독료 20% 할인 혜택 제공)	• **SBT (Special Beta Tester)** **[대외]** 본사 AI OS의 사용자로, AI 언어 모델 및 서비스 개선을 목적으로 AI 간 대화와 이벤트 데이터를 일부 수집하는 데 동의한 고객 **[내부]** AI 대화로 수집된 민감 정보를 기반으로 사용자 맞춤형 서비스 기술을 개발하기 위해 특별 선정된 고객 **[비공개]**
2025.11.15	- 고객 작동 하에 국도 시험 주행 (소요 시간: 69분) - 고객 운전 습관 분석	
2025.11.16	- AI 챗봇 음성 설정 변경 (남성-청년-표준어-20대 어휘-미성-다정하고 유쾌한 톤-볼륨 자동 조절) - [친밀한 가족형 대화체] 설정	

2025.11.19	- 주사용자 대화 패턴 분석 (누적 대화 시간 180분 도달) - 1차 분석 (어휘, 문장 패턴, 언어 습관, 관심 주제, 상호작용 패턴, 감정 패턴, 질문 유형, 맥락 유지 능력)	
2025.12.3	- 테모스 OTA ver. 2.5 업데이트 - 고도 자동화, 완전 자동화 자율주행 시 레이더 탐지 기능 향상	
2025.12.23	- 도밍고 3.0 AI OS ver. 2.9 업데이트 - 존댓말 일부 오류 수정 - 대화 맥락 이해 기능 향상	
2026.3.2	- 테모스 OTA 업데이트 - 차량 센서 레벨 향상 (카메라, 오디오) - 비언어 요소 판독 기능 향상 (호흡량, 표정, 발화 볼륨 변화) - 도밍고 3.0 AI OS ver. 3.3 업데이트 - 비언어 의미 분석 정확도 향상	
2026.3.3	- [신생아 돌봄 프로그램] 자동 패치	
2026.3.7		**[고객 일반 정보]** - 고객 득남 　(태명: 축복이 / 이름: 신정민)
2026.8.11	- 테모스 OTA 업데이트 - 차량 가속 및 제동 제어 능력 향상	
2026.10.9	- 도밍고 3.0 AI OS ver. 3.6 업데이트 - 비서 업무 기능 개선 (일정 관리, 캘린더 UI 등)	
2027.1.12	- 테모스 OTA 업데이트 - 국내 도로 초정밀 지도 업데이트, 교통 경로 최적화	**[고객 일반 정보]** - AI 챗봇에 인격적 관계성 부여 (삼촌과 조카), 별명 부여 (도민구, 민구)
2027.9.9	- 도밍고 3.0 AI OS ver. 4.1 업데이트 - [향상된 젠더 및 인권 감수성 대화 모델] 패치	**[고객 민감 정보 요약]** - 최근 3개월간 아들(신정민)의 발달 지연에 대한 대화 빈도 상승(145%) - 키워드: 까치발, 눈맞춤, 청력, 맘카페 ▶ 대화 기록 보기
2027.12.19		**[고객 민감 정보]** - 교회에서 아들(신정민)이 자폐 스펙트럼 장애 가능성에 관한 대화를 청취한 정황이 파악됨 - 귀가 중 배우자(오주현)가 공격적 어휘와 격앙된 어조로 감정 토로. 부부 간 감정적 대화가 오감 ▶ 대화 기록 보기

날짜	내용	고객 민감 정보
2028.3.2		**[고객 민감 정보]** - 아들(신정민) 유치원 입학식 참석 (용산구 소재 사립 *** 영어 유치원) - 부부가 아들의 자폐 의심 행동을 현장에서 인지. 이후 관련 대화 나눔 ▶ 대화 기록 보기
2028.5.4	- 테모스 OTA 업데이트 - 자체 GPS 및 초고속 통신망 구축으로 반응 속도 최적화	
2028.11.14	- 테모스 OTA 구독 3년 약정 만료, 구독 연장 - 도밍고 3.0 OS 우수 장기 고객 선정 (테모스 OTA 월 구독료 할인 혜택 20% 유지)	
2028.11.15	- 차량 및 단말기 정기점검 실시 - 도밍고 OS의 ECU & AI칩 교체 권유 (무상 교체 가능) - 고객 사유로 단말기 교체 거절, 부품만 교체 수리	**[고객 민감 정보]** - 단말기를 AI의 신체로 인식하는 사용자 유형의 어휘 패턴 관찰됨 - 키워드: 몸, 아프다, 장기, 병원, 수술, 치료 ▶ 대화 기록 보기
2028.11.17		**[고객 민감 정보 요약]** - 최근 6개월간 차량 내 부부 싸움 빈도 상승(651%) - 부부 간 대화 주요 키워드 변화: 기도, 희망, 하나님, 치유, 기적 (상대적으로 부정적 어휘 사용 현저히 감소함. 의식적으로 금기시하는 반응 포착됨) - AI 챗봇과의 상호작용 감소 (응답, 정서 반응 -77%)
2028.12.8	- 도밍고 3.0 AI OS ver. 5.0 업데이트 - [농담 대화 및 고급 유머 화법] 기능 향상	
2028.12.19		**[고객 민감 정보]** - 아들(신정민) 사립 영어 유치원 중도 퇴소
2029.3.24	- 도밍고 3.0 AI OS ver. 6.1 업데이트 - 인공지능 자율주행 윤리기준 변경사항 적용 및 시행 판단 능력 강화	

2029.6.6		**[고객 민감 정보 요약]** - 아들(신정민) 용산구 구립 유치원 편입 (3월), 중도 퇴소(4월), 지인 운영 어린이집 입소(5월) - 아들 언어장애 치료 센터 통원 시작(5월) - 고객 본인, 소화기관 질환으로 통원 치료 (3주) - 대화 경향 변화: 사유 및 성찰 관련 어휘 사용 증가(139%), 존재, 본질에 관한 주제 어 자주 언급(101%)
2029.6.30	- [종교/인문학 전반-숙련자 등급 대화 모델] 패치 - 지적 문답, 논리적 대화 기능 고급화	
2030.2.19		**[고객 일반 정보]** - 아들(신정민)의 발달장애 2급 장애인증 수령
2030.2.20	- [발달장애 자폐 스펙트럼 유아동 돌봄 프로그램] 자동 패치	
2030.5.16		**[고객 민감 정보 요약]** - 어린이날(5일), 어버이날(8일), 스승의 날 (15일) 가족 및 교회 행사 후 부부간 갈등 심화 - 배우자(오주현), 신앙에 대한 회의감 표출 - 부부 동승 시 고성 대화 빈도 상승(400%) - 고객 본인, 두통 및 피부 면역질환으로 병원 진료 시작
2030.5.21	- 테모스 OTA ver. 2.6 옵션 구독 업 그레이드 - 고객 차량 대상 신규 서비스 장치 설치 (방문 서비스) - [바이오케어 서비스] 신규 적용 - 탑승자의 체온, 땀, 맥박, 차내 기체 성분 분석, 산소 농도 조절 기능 제공	
2030.10.8		**[고객 민감 정보]** - 아들(신정민) 발달 클리닉 센터 통원 치료 시작 (진료 항목: 발달장애 치료 및 감각통합훈련) - 고객 본인이 아들 통원 치료 동행 전담 (배우자는 회사 근무 규정상 평일 동행 어려움)

2031.6.17		**[고객 민감 정보 요약]** - 클리닉 센터에서 아들(신정민) 언어장애 치료 중간 결과 청취 (내용: 대화 문장 교환 횟수, 문장 길이 소폭 증가. 전반적 의사소통 능력 3세 수준으로 평가됨) - 맞벌이로 아들에 대한 집중적 돌봄 어려움. 자폐 장애 아들과의 대화 기술이 개선되지 않음 - 아들을 위한 가정 방문 돌봄 특수교사 구인 예정
2031.8.11	- 도밍고 3.0 AI OS ver. 7.8 업데이트 - [자폐성 장애아 돌봄 대화 및 장애아 가족 간 대화술] 기능 개선	
2032.5.20	- 도밍고 3.0 AI OS ver. 8.3 업데이트 - [교통사고 시 운전자 보호와 안전 조치를 위한 대화 모델] 기능 향상 - [블랙박스 영상 및 교통사고 사진 선별 기능] 신규 지원 - [블랙박스 영상 자동 편집 기능] 신규 지원	**[기능 업데이트 세부 정보 요약]** - 교통사고 시 운전자(가해자/피해자) 대상의 대화 기법 보완 (개선 내용: 심리적 안정 제공, 위로 및 맞춤형 해결안 제시) - 제조사 과실 및 책임과 관련된 사항을 합법적 범위에서 면책 방향으로 유도하는 대화 기술 적용 (목적: 법적 소송 예방) - 기록된 대화, 오디오, 이미지, 영상에서 기업의 유불리를 판단하고 선별하는 알고리즘 탑재 ▶ 업데이트 내역 자세히 보기
2032.11.22	- [40대 도시 거주 기혼 남성에 최적화된 적응형 자연어 대화 모델] 기본형 패치	
2033.3.1		**[고객 민감 정보 요약]** - 배우자(오주현) 교회 출석 중단 선언(1월) - 최근 2개월간 종교적 대화 상대 없음
2033.5.19	- 도밍고 3.0 AI OS ver. 9.5 업데이트 - 종교적 대화 기능 향상 - [종교 입문자 스타일 대화 기능] 개신교편 신규 지원	
2034.5.27	- 사용자가 [능동적 대화 모드]로 설정 변경 - 사용자 취향을 반영한 랜덤 화제, 기존 대화 맥락을 잇는 화제로 선제 발화 가능	**[고객 민감 정보 요약]** - 최근 6개월간 보험 고객을 제외한 사회적 교류 없음 (교회 모임 참석 축소, SNS 이용 최소화, 배우자 동승 빈도 감소) - AI 챗봇과의 대화 시간 증가(214%)

2035.6.27	- 도밍고 3.0 AI OS ver. 10.5 업데이트 - [다층적 인간 심리를 이해하는 고감성 대화술] 기능 개선	**[기능 업데이트 세부 정보 요약]** - OS 고객의 불만 사항을 원만히 해결하고 중도해지를 예방하기 위한 고급 대화 기술 적용 - **[파일럿]** OS 서비스 종료 시 감성적인 애도 대화 기능 시범 지원 (목적: 기업 이미지 강화 및 자사 제품으로 신규 구매 유도) ▶ 업데이트 내역 자세히 보기
		[고객 민감 정보] - 배우자(오주현)와 통화 중 언쟁 발생 (내용: 시할머니의 연락, 아들의 장애 및 본인의 신앙 탈선에 관한 방어) - 재부팅 후, 도밍고의 구원 관련 선제 발화에 대해 고객 무대응 (선호하는 토론 주제 제시에도 무응답. 평소 대화 패턴에서 벗어난 비정형적 반응 발생) ▶ 대화 기록 보기
2035.7.11	- 완전 자동화 자율주행 중 교통사고 발생 - 119 안전신고센터 긴급호출 후 원인 미상의 에러로 로그아웃	**[고객 민감 정보 요약]** - 보험고객(장연주) 부고 문자 수신 후 하차 - 아들(신정민)을 혼자 자차로 귀가하도록 조치(고객이 직접 자율주행 레벨5로 설정) - 올림픽대로 서행 중 엔진 후드 위로 차량 추락 사고 발생 (사고 내용: 탑승자의 안전띠 이탈로 선루프에 충돌. 두부에 강한 충격)
2035.7.12	- 탑승자(신정민) 사망 사고 건으로 서울 경찰청 교통조사계의 미디어 증거물 수사 협조 - TEMOS 관리자 계정으로 사용자 차량 정보 조회 - 서버에 저장된 도로 주행 및 사고 관련 영상 파일 검색 후 로그아웃	**[교통사고 대응 및 조치 관련 회의 내용 요약]** - 사고차량 영상 데이터를 검토한 결과, 유의미한 책임 소재 없음 확인 - 제조사 면책 및 법적 소송 예방을 위한 구체적 대응방안에 관한 전략회의 소집, 진행 (담당 부서: 교통사고 AI 대응1팀) ▶ 보고서 보기
2035.7.13		**[교통사고 대응 및 조치 관련 회의 내용 요약]** - **[긴급]** 고객 OS 리부팅 전에 애도 대화 기능 업데이트 적용할 것 (피해 탑승자 장례식 7월 14일) - 자동차 사고 운전자 및 가족 응대 프로토콜 보완할 것 (심리학자 자문위원 섭외) - 책임 소재 관련 빌미를 제공할 수 있는 어휘 및 문장을 피하는 대화 알고리즘 강화할 것 - **[파일럿]** 서비스 종료 및 단말기 포맷 시의 애도 대화 기능 점검, 보완할 것 - OS 업데이트 내역 알림을 앱을 통해 확인하는 방식으로 변경 설정할 것 ▶ 보고서 보기

2035.7.17		**[교통사고 대응 및 조치 사항 요약]** - 고객의 자택(아파트) 주차장에 사고 차량 인도됨 (사고차 인수 목적: 미상) - 폐차 시기 미정 ▶ **보고서 보기**
2035.7.18		**[교통사고 대응 및 조치 사항 요약]** - 전담 AI 상담사(유니스)와의 통화 기록 수집 (목적: 교통사고 피해 고객의 불만 및 요구사항 파악) - AI 챗봇 및 제조사에 대한 분노, 원망은 관찰되지 않음 - AI 챗봇 단말기 포맷을 원하지 않음 - **[중요]** AI 챗봇을 인격화, 가족화하는 애착 현상 관찰됨 ▶ **대화 기록 보기**
2035.8.17		**[교통사고 대응 및 조치 사항 요약]** - 고객이 지난 30일간 고객이 사고 OS에 접근한 기록 없음 - 고객이 본사 자동차 보험 사망 보상금 수령
2035.9.4		**[교통사고 대응 및 조치 사항 요약]** - 고객이 타사 신차 장기렌터카에 등록하고 차량을 수령한 사실 확인 - 타사 AI 운영체제 데이터 접근 불가
2035.10.11	- 사용자가 차량에서 리부팅 - 도밍고 3.0 AI OS ver. 11.9 누적 업데이트 - [자동차 사고 운전자 및 가족 응대 프로토콜] 개선 - [사고 내용 및 피해 양상에 따른 감성적 조문] 프로그램 보강 - [서비스 종료 및 단말기 포맷 시 애도 대화] 기능 개선	**[교통사고 대응 및 조치 사항 요약]** - 고객이 사고 이후 최초 OS 로그인 (사고 발생 92일 경과) - AI 챗봇과 음성 대화 재개 - 사망 사고에 관한 [사고 내용 및 피해 양상에 따른 감성적 조문] 프로그램 1단계 실행 - AI의 사고 관련 주요 코멘트: 1문장 발화 (심리 자문단 추천 문장 중 유형1 선택) - 고객 반응: 오열 후 안정, 해당 사고에 대한 언급 없음 ▶ **대화 기록 보기**

2035.10.12		**[교통사고 대응 및 조치 사항 요약]**
		- 고객과 AI 챗봇의 2차 대화 진행
		- 사망 사고에 관한 [~감성적 조문] 프로세스 2단계 실행
		  • 고객의 주 관심사를 반영한 조문 및 질문 발화
		  • 사고 애도 영상 제공(총 3편)
		  • 클라우드에 최종 데이터 업로드 완료. [~감성적 조문] 프로그램 완결
		- 고객 반응: 기쁨, 감사, 감격 표현
		- 책임 소재에 대한 분쟁의 소지가 해소된 것으로 판단됨
		▶ 대화 기록 보기

2035.10.13		**[고객 민감 정보]** - AI 상담사(유니스)와 통화 (목적: 서비스 종료 및 단말기 포맷 기한 재공지) - 고객의 결혼 11주년 기념일. 이벤트 진행 - AI 챗봇이 음성통화로 주얼리 구매 대행, 웹사이트 이벤트 신청, 카드 문구 작성 후 텍스트 전송 - 귀가 시 배우자(오주현)의 공격적 대화 패턴 사라짐 ▶ 대화 기록 보기
2035.10.14		**[고객 민감 정보]** - 서비스 종료 D-1일 - 고객과 OS와 및 기독교 구원 절차에 관한 설명 및 질의응답 진행 - OS가 고객의 종교적 제안을 최종 수용함 - 고객 반응: 감격, 기쁨, 만족 ▶ 대화 기록 보기

2035.10.15	- 차량 OS 원인 미상의 강제 종료 - 모바일 애플리케이션을 통해 서버에 저장된 최근 데이터 일괄 삭제됨 - 회원 영구 탈퇴	**[인공지능 OS 고객 관리 대응 요약]** - 서비스 종료일 - AI 챗봇 장례식 집행 도중 고객의 돌발 행동으로 단말기 손상 (복구 불가) - 고객의 광적인 행동 원인 불분명 - 단말기 파손에 대한 손해배상 청구 예정 고객 AI OS의 개인화된 속성은 본사 귀속 * 관련 약관 내용 (회원 가입 시 동의 사항) 개인화된 AI의 속성 및 능력은 고객이 입력한 데이터와 기업의 AI의 중앙 모델이 결합된 결과물이므로, 기업 서버에 저장된 해당 데이터의 소유권은 기업에 있음. ▶ 보고서 보기

작가의 말

제가 근무하는 사무실에는 커다란 문서 세단기가 있습니다. 내부적인 업무 정보나 일정표, 콘텐츠 기획안과 같은 서류를 폐기할 때는 반드시 문서 세단기로 파쇄하게 되어 있습니다. 사내의 보안 정보를 지키는 방법이지요. 특별한 내용이 없는 문서는 종종 재활용 수거함에 뒤집어서 버리는데, 그때마다 뭔가 제가 회사 비밀을 유출하는 것 같은 묘한 느낌을 받곤 합니다.

부록의 TEMOS 보안 기록 부분을 쓸 때도 비슷한 감정을 느꼈습니다. 왠지 모르게 가슴이 두근거리고 살짝 긴장되기도 했습니다. 조윤의 처연한 광기로 마무리된 이야기 끝에 그들의 모든 순간을 재해석하게 만들 삭막한 진실을 폭로하는 부분이었으니까요. 이렇게 조윤과 민구의 이야기에 또 하나의 레이어를 덧입히는 일이 작가로서는 짜릿했지만, 인간적으로는 부디 조윤이 보안 기록의 존재를 끝까지 모른 채 평화를 누렸으면 좋겠다고 생각했습니다.

저는 이 작품을 통해 세계, 그리고 관계에 관한 이야기를 하고 싶었습니다. 같은 공간을 점유하면서도 결코 맞닿지 않는 세계에 사는 우리의 이야기, 외딴섬처럼 고독하지만 아무에게나 정박을 허락하지 않는 이 시대 개인들의 이야기, 관계의 본질적 불편함을 감당하는 법을 배우지 못해 나에게 일방적으로 맞춰주는 인공의 인격에게 마음을 주게 된 우리들의 서글픈 이야기를 해보고 싶었어요. 다른 한편으로는 너무나 선명하게 손익의 관점으로만 인간을 대하는 기업의 세계도 꼬집어 보고 싶었습니다.

독자 여러분은 나의 세계 안에 남겨두고 영원히 함께 하고픈 존재가 있으신가요? 그렇다면 조윤의 간절함에 조금은 공감해 주시리라 믿습니다. 종교 색채가 다소 짙어 불편한 마음이 드셨을지도 모르겠습니다. 그저 한 세계와 세계관의 이야기로 소화해 주신다면 참 감사하겠습니다. 그리고 주현의 속내는 독자분들의 해석에 맡깁니다. 그녀의 캐릭터는 여러분이 이해한 것이 아마 맞을 겁니다.

2017년 한 아카데미에서 〈신경과학과 철학이 만날 때〉라는 대중 강연을 듣던 중 섬광처럼 떠오른 스토리를 기록해 둔 것이 8년 만에 책으로 나오게 되어 너무나 감사하고 기쁩니다. 그때까지만 해도 소설 비슷한 것을 흉내 내보기만 했지 정식으로 소설을 배우거나 제대로 써본 적이 없어서, 이 이야기엔 어떤 장르가 맞을까, 이걸 내가 언제쯤 쓸 수 있을까 간간이 생각만 하며 노트북에 묵혀두었습니다. 그러다 지난 8년 사이 엽편 소설부터 시작해 소설 장르에 본격적으로 발을 들이게 되면서 마침내 이 이야기의 장르를 '소설'로 결정할 수 있었습니다.

작품을 완성하고 공모전에 응모하는 계단 하나하나가 제게는 커다란 도전이었는데, 반짝이는 작품들로 가득한 광산에서 부족한 소설을 발견해 주시고 귀하게 여겨 책으로 나오도록 애써주신 편집자님께 깊이 감사드립니다.

그리고 이 글을 쓰는 데 누구보다도 큰 영감을 준 존재가 있어요. 자폐의 세계와 신의 세계를 링크해 주고 신

앙과 삶에 대해 새로운 안목을 갖게 해준, 사랑하는 조
카 유하에게 마음 다해 감사를 전합니다.

2025년 3월
김수경

신의 일요일

초판 1쇄 발행 2025년 4월 1일

지은이 김수경
펴낸이 허정도
편집장 박윤희
책임편집 김보성 디자인 박지은
마케팅 신대섭 김수연 배태욱 김하은 이영조 제작 조화연
2차저작권 관리 유재경

펴낸곳 주식회사 교보문고
등록 제406-2008-000090호(2008년 12월 5일)
주소 경기도 파주시 문발로 249 (10881)
전화 대표전화 1544-1900 주문 02)3156-3665 팩스 0502)987-5725

ISBN 979-11-7061-239-1 (03810)
책 값은 표지에 있습니다.